Mehdi Ch

Né en Algérie en 1952, romancier, scénariste et cinéaste, Mehdi Charef est arrivé en France en 1962. Il a connu les bidonvilles, les cités de transit et l'usine avant de publier quatre romans, tous au Mercure de France, et de réaliser onze films, dont *Le Thé au harem d'Archimède* (1984), adaptation de son ouvrage *Le Thé au harem d'Archi Ahmed* (1983), et *Graziella* (2014). Auteur du premier roman de ce qu'on appellera la « littérature beur », il a ouvert la voie à de nombreux autres écrivains et cinéastes. Mehdi Charef signe son retour à la littérature avec *Rue des Pâquerettes*, paru aux éditions Hors d'atteinte en 2019, et avec *Vivants* en 2020 chez le même éditeur.

RUE DES PÂQUERETTES

MEHDI CHAREF

RUE DES PÂQUERETTES

MIXTE
Papier issu de sources responsables
FSC® C003309

Pocket, une marque d'Univers Poche,
est un éditeur qui s'engage pour la préservation
de l'environnement et qui utilise du papier fabriqué
à partir de bois provenant de forêts gérées
de manière responsable.

ISBN : 978-2-266-30008-7
Dépôt légal : septembre 2020

Tous les termes arabes signalés en italique
sont expliqués dans un glossaire en fin d'ouvrage.

À mon père

Ça ne fait pas très longtemps que je suis en France, à l'école des Pâquerettes, et déjà monsieur Raffin, notre instituteur, m'a désigné pour faire la lecture dans la classe. J'en suis très fier car bien d'autres camarades mis à l'essai ont été écartés. Détail qui a épaté mon maître, je lis sans suivre les mots avec mon index. Je ponctue, je questionne au point d'interrogation, je m'exclame si besoin, je hausse le ton, crie la colère, provoque le rire de mes camarades et gagne peu à peu l'admiration de l'instituteur.

J'aime l'exercice de rédaction, c'est même celui que je préfère, surtout quand nous sommes libres de choisir notre sujet. Certains élèves écrivent sur le sport, d'autres sur le film qu'ils ont vu dimanche ou sur leur chien, leur chat ; moi, je n'écris que sur moi. Je suis le héros de toutes mes rédactions. D'une ficelle je fais une pelote ; je me rends compte après la lecture que j'écris ce que je voudrais vivre, ou ce que je voudrais être ; je rêve à haute et intelligible voix, comme le demande notre maître. Il arrive que ce soit moi que le maître lit. Mon corps tout entier en frissonne, je serre le poing sous la table. Il lit ce que j'ai écrit :

— Je sais maintenant que la France a autorisé l'arrivée chez elle de familles entières d'immigrés, comme la mienne, pour préparer le départ en retraite de nos pères. Je suis de cette deuxième génération ; je suis dans cette école, dans cette classe, afin d'apprendre à lire et à écrire correctement avant d'être jeté dans le monde du travail en lieu et place de mon père.

C'est monsieur Besson, notre directeur, qui me l'a appris. Il m'a fait demander dans son bureau pour me dire, après lecture de mon bulletin, qu'il était heureux de m'annoncer en commun accord avec mon maître que je quitterais bientôt la classe de rattrapage pour le cours moyen. Je l'en ai remercié.

Il a parlé longtemps, lentement, voulant me mettre à l'aise. Il n'y avait que quelques années qu'il avait affaire à ces nouveaux venus d'un autre continent, et son vœu affirmé était de nous accompagner au mieux vers la carrière qui nous était destinée.

— Votre père est terrassier, c'est un dur métier de creuser, creuser dans le bitume ! Avec le certificat d'études et le brevet ensuite, vous échapperez aux chantiers. Vous serez mieux en usine.

Il m'arrive de l'observer sans l'écouter. Il a une bouille sympathique, toute ronde et rasée tous les jours ; il se coiffe à la gomina, une raie impeccable tracée sur le côté. Il fait penser à un enfant qui a été premier de la classe toute sa vie.

— Vos petits camarades qui ont élu refuge en classe de rattrapage et n'en bougent plus, eux sont bons comme leur père pour les durs travaux du bâtiment ou le pavage de nos rues !

Je rentre toujours en courant de l'école, je ne sais pas pourquoi. Pourtant, j'aime cette école des Pâquerettes. On y est bien accueilli et le maître n'est pas trop rude avec nous. Vu notre niveau scolaire il pourrait élever le ton, menacer, punir plus qu'il ne le fait.

Dans la classe de rattrapage de monsieur Raffin, on fait attendre les enfants dont on n'a plus aucun espoir qu'ils se réinsèrent dans une scolarité normale. Moi, j'y vais parce que je n'ai eu qu'une année d'école en Algérie, et j'avais déjà dix ans en arrivant en France. Je réapprends à lire et à écrire. Nous sommes une dizaine comme ça, des immigrés. Les autres – il y en a quatorze – sont d'ici et plus âgés que moi. Ils ont des soucis chez eux, qu'ils traînent partout où ils vont. Le maître leur répète, quand il est en colère, de les oublier en entrant en classe. Parfois il en prend un à part et ils causent, l'élève debout et le maître assis derrière son bureau. Parfois l'élève craque, laisse couler son chagrin ou sa tristesse.

— Pleure, pleure, dit le maître, ça fait du bien.

L'élève est mal parce qu'il craint d'être chahuté en récré par un camarade. Généralement, notre maître n'insiste pas.

— Toi, dès que tu sauras lire et écrire convenablement, tu nous quitteras, parce que tu ne rêves pas dans le vide…

J'aurais aimé qu'il m'explique ce qu'il veut dire. Il me parle aussi des élèves qui restent en rattrapage deux ou trois ans, qui ne s'intéressent à rien, ne comprennent pas, ne font plus aucun effort. Il y a un gros machin cassé en eux, le choc a dû être très violent et ils vivent avec leur blessure. Malgré toute l'écoute qu'il nous offre, ça m'étonnerait que le maître arrive à nous faire tout dire.

Lorsque j'ai des moments où j'ai moi aussi l'impression d'être dans un tunnel, au fond d'un trou, il me tend un livre en me disant :

— D'habitude tu es le premier à lever le doigt pour lire, là ça fait trois jours que tu as les yeux fermés…

Je le laisse parler. Il insiste :

— Ton père, il boit ?

Je dis non de la tête.

— Il bat ta maman ?

Je secoue encore la tête.

— Il te frappe, toi ?

Non plus. Et il continue avec d'autres questions qui font peur…

On retrouve notre souffle, notre élan en récréation, on court, on s'allège. Sorti de l'école, j'arrive à la baraque ; ma mère, qui a préparé l'argent sur la commode, m'envoie directement à la boulangerie. J'ai juste le temps de lancer mon cartable sur mon lit, et je vais à celle qui est en face de la maison de Nanterre, chez madame Blanchard, où se trouve aussi la poste restante de mon père.

Mon père m'y a emmené dès notre arrivée au bidonville. La boulangère m'a accueilli avec un grand sourire comme celui du bébé Cadum sur les affiches, en plus vieux mais au moins aussi agréable, et m'a offert un petit rouleau de réglisse. Je n'en revenais pas : j'étais là, à l'adresse où on écrivait à mon père depuis Maghnia en Algérie.

Monsieur Blanchard est aussi rond et rose que sa femme et a les épaules nues sous le marcel. En me voyant il a éclaté de rire, et il a dit à mon père : « Tu as enfin fait venir les enfants et la Fatma. » Mon père était gêné, il a répondu « Ça va, ça va, maintenant je suis content ». Enfin, il l'a dit en petit-nègre. C'est la deuxième fois que j'ai entendu mon père parler français. La première, ça a été avec le chauffeur de taxi qui est venu nous chercher à notre arrivée à la gare d'Austerlitz. Mon père nous attendait…

Non, il ne nous attendait pas. Il n'était pas là. Il était en retard, ou alors il avait oublié.

Tirant sur sa lourde valise, un gros sac sur l'épaule, ma mère, voilée de blanc de la tête aux pieds, tournait autour de la gare, avec ses enfants à la queue leu leu derrière elle, chacun un bagage à la main. On a été saisis d'une belle inquiétude, d'un gros doute : et si notre père s'était trompé de jour ? Les Français se retournaient sur cette silhouette dont on ne voyait que les yeux, qui sous le *haïk* ruminait déjà quelques mots aigus à l'encontre de son mari. Elle ne l'avait pas vu depuis des années et il montrait son impatience de nous retrouver en oubliant notre arrivée…

Finalement il est là, confus, gêné. Il ne reconnaît pas sa femme derrière le voile fin, ce n'est pas un sourire qui se dessine à sa vue. Il s'excuse encore, ma mère remet à plus tard ses mots rouges. On s'embrasse, se serre dans nos bras, quatre ans qu'on ne s'est pas vus. J'essaie de me convaincre que cet homme est mon père, avec une moustache que je ne me rappelle pas, mais aussi avec ma rancune, ma rancœur, lui qui a si longtemps disparu, s'était évanoui.

Il est assis là dans le taxi, nous sur la banquette arrière, lui à l'avant à côté du chauffeur :

— Nanterre, cité des Marguerites !

Le chauffeur lui répond :

— Je vais à Nanterre, après tu me guides.

Paris, la France, nous y sommes. Sans novembre au-dessus de nos yeux, la capitale aurait pu être belle. Les gens se dépêchent, les voitures klaxonnent, les cinémas laissent rêveur et il y a des Français partout, partout. Des femmes françaises, des hommes français. Pour moi qui en avais peur en Algérie, qui les craignais parce qu'ils en avaient fait leur pays… J'étais de ces enfants que leur présence écrasait, que leur emprise isolait ; colonisé, on naît indigène, va te soulager de cette putain de peau ! Et je resterai toujours l'indigène de quelqu'un, parce que toute sa vie, le colonisé garde le colon dans sa tête…

Or voilà que mon père nous a fait venir chez eux, là où il n'y a qu'eux. Il faudra faire avec, eux ne sont pas obligés. Avec mes petites épaules, mon parler maladroit, moi qui me sais pas costaud… Je ne suis pas heureux d'être là. Je ne parle pas. Le plus fort, le plus troublant : j'ai complètement occulté le voyage. Je l'ai envoyé se faire foutre, le train, le bateau, la mer, Marseille – au loin tout ça, refoulé !

Au moment où le train a quitté la gare de Maghnia, c'est tout ce que j'ai voulu garder : les yeux tristes de *Hanna*, ma grand-mère restée sur le quai jusqu'à ce qu'on ne la voie plus. À Oran, nous avons passé la nuit à huit, allongés par terre dans la chambre d'un hôtel pour soldats. Un néon bleu clignotait à l'extérieur et me gênait quand j'ouvrais les yeux. Je n'ai pas vu le port d'Oran, à l'aube, ni le bateau que j'ai dû longer, ni sa passerelle que j'ai dû fouler, un bateau qui devait pourtant être une sacrée carcasse avec tous ces voyageurs que j'ai regardés passer au-dessus de la cale où nous étions planqués. Mes frères, ma sœur et moi, on s'était blottis contre notre mère ; pendant ces deux jours de traversée, on ne s'est levés que pour aller vomir aux toilettes.

Nous avons repris nos esprits en gare de Port-Vendres, où nous avons attendu toute une journée un train de nuit pour Paris. Nous avions alors déjà englouti toutes les provisions du voyage, les pains cuits par notre mère, par *Hanna*, et quelqu'un nous a apporté deux grosses miches de boulangerie qui nous ont tenu la journée et la nuit.

Dans le train de nuit, ma mère a trouvé une place dans un compartiment ; nous, les enfants, on a dormi dans le couloir.

Dans le taxi, j'entends donc mon père prononcer le nom « Marguerites », et je trouve ça joli.

Nous quittons Paris pour la banlieue : voilà Nanterre. On croise des femmes arabes qui ne portent pas le *haïk* et cachent leurs cheveux sous un foulard, avec sur le dos une veste large ou un manteau délavé, dépassé. On voit leurs mollets. Ma mère, qui ne s'est pas encore décoiffée, se retourne sur leur passage. Elle doit se poser des questions : aura-t-elle le culot de sortir à visage découvert ? Impensable… Intérieurement je ris d'elle, je la fixe, son regard croise le mien. Ses yeux noirs d'une profondeur vertigineuse sont mon issue de secours, mon point de repère. Je n'ai plus peur des Français.

Les Marguerites, c'est une cité de quatre immeubles, dont une énorme barre de six étages sans ascenseur. Au-dessus des quatre porches du bâtiment, sur une longueur de trente bons mètres, une hauteur d'un mètre, je lis ces mots de bienvenue, peints avec un épais pinceau : LES MARGUERITES C'EST DES MACS. Ma tante, la sœur de mon père, y habite avec son mari et ses enfants dans un trois pièces.

Nous sommes restés deux jours dans l'appartement de ma tante puis, le dimanche, après les courses au marché des Quatre-Chemins où j'ai accompagné mon père, nous décidons enfin d'aller chez nous.

On suit nos parents avec nos valises et nos bagages. On traverse trois cités différentes par leurs couleurs, leur hauteur, le nombre d'immeubles qui les composent. L'une après l'autre, on espère que notre père s'y arrête et nous dise en indiquant un appartement : « C'est là-haut, chez nous… »

Nous continuons à marcher, notre père devant, qui ne doit pas être à l'aise. Nous passons par une dernière cité, avec deux tours et deux barres. Nous entrons dans ses allées, attendons que mon père pose enfin sa valise, qu'il se dirige vers un des porches… Personne ne parle. Moi, qu'on dit toujours plus intelligent que les autres, je commence à avoir des doutes.

Il n'y a plus aucun immeuble devant nous, on continue à marcher et au loin, comme sur un plat pays, se dresse soudain un village fantôme aux murs bas, tout en planches de bois sombre. La fumée des cheminées a été la première chose à nous atteindre, elle est dégueulée dense, noire, par des tuyaux piqués sur des toits penchés. À mesure que nous approchons de ce village, de ces maisons ensevelies, de biais, je me sens anxieux. Des enfants courent dans les allées, ils jouent, rient, les pieds dans la boue. Nous entrons dans ce chaos de baraques.

Mon père ne s'est pas écrié : « Les enfants, nous sommes arrivés chez nous ! » Il ne devait pas être fier.

Voilà que ma mère se tient au milieu de « notre » baraque. Elle regarde autour, au-dessus d'elle… Elle a encore sa valise à la main et, sur l'épaule, le sac à main en Skaï marron que lui a offert ce matin la sœur de mon père. Lui a posé les sacs qu'il portait sur le sol terreux, entre deux trous de poules. Il allume une Gauloise bleue. Il voit nos mines, ne sait pas quoi nous dire. Ma mère est toujours debout, muette, elle tourne sur elle-même. Elle semble ne pas croire que tant d'années d'exil, de séparation, d'attente, de travail aboutissent ici.

— Et les enfants, ils dorment où ?

Papa lui montre une chambre encastrée dans le fond. On y suit ma mère. Il y a un poêle Godin au milieu.

— Je vais l'allumer, dit mon père.

Il saisit un seau métallique et sort de la baraque. Ma mère pose enfin sa valise et s'assied sur un des quatre lits superposés alignés des deux côtés du mur. Elle lève le nez, renifle, tâte les paillasses. Du sol terreux dépassent des arêtes de pierre.

— Vous ferez attention à vos pieds... Je ne veux pas vous voir pieds nus.

Elle se tourne vers la « grande salle ». Elle fixe le poêle, la cafetière posée sur la grille. Puis elle s'approche des plaques de gaz placées sur une table, une bouteille de butane bleue en dessous. Un grand lit est caché derrière un paravent à deux ailes. Un pantalon et un marcel délavé pendent dessus. Ma mère :

— *Fé rah el maa ?*

On se met tous à chercher le robinet d'eau. Je crois que ma mère s'empêche de lâcher un sanglot. Mon père revient avec le seau plein de boulets. On est alignés devant lui. Il nous fixe, bancal, mal à l'aise, se faufile :

— Je vais allumer le feu !

Ma mère :

— *El maa fine ?* Où est l'eau ?

Sans se retourner :

— *Bara !*

Dehors, il y a un robinet. Ma mère veut le voir.

— Il est loin ! lance mon père.

Ma mère se fige. Mon père :

— J'irai tout à l'heure remplir un seau et montrer aux enfants où il est.

J'ai peur que ma mère ne reprenne sa valise.

— Pourquoi tu ne nous as pas dit ?

— Pas dit quoi ?

— Qu'on n'avait pas de maison.

Il est embêté, mon père.

— On ne restera pas longtemps ici, ils vont raser les baraques et nous reloger, ils l'ont dit dans le poste !

D'un hochement de tête, il nous montre un gros Radiola posé sur une planche, sur deux tréteaux de bois.

— Et la lumière ?

— Quoi ?

— Où sont les bougies, on n'y voit rien !

Ma mère est exaspérée. Cette fois, mon père est content, il montre une ampoule qui pend au plafond, enturbannée comme dans les bazars d'épais scotchs jaunes pour attraper les mouches.

— Il y en a une autre dans la chambre.

Il tend les bras vers la lampe, appuie sur un bouton.

— Et les toilettes ?

— Dehors… Elles sont pas loin.

Ma mère nous regarde et se dit à elle toute seule :

— Je vais enlever mes chaussures.

Voilà quelques semaines qu'on est là, et il neige. De mes dix ans, je n'en ai jamais vu tomber autant. Les flocons sont gros, mousseux, si légers qu'ils planent avant de tomber sur la gadoue. Ils atterrissent sur ma langue tendue et fondent dans la chaleur de ma bouche. Je ne me risque pas, comme mes camarades de classe, à rouler en boule ce tapis blanc ; j'ai vite les mains glacées, je ne me suis pas encore acclimaté au froid d'ici. J'en découvre un nouvel effet : mes doigts deviennent gourds et je ne peux plus les remuer.

Avant qu'on ne sorte dans la cour, notre maître nous a interdit de jeter des boules de neige. La glisse est le plus pratiqué de tous les jeux ; ce qui n'empêche pas les bonhommes de neige de pousser, même s'il n'y a rien à ramasser pour leur faire un nez et des yeux. Quelques-uns sont tout de même coiffés d'un bonnet ou parés d'un cache-nez.

Les flocons dansant dans les halos jaunes ont une couleur différente. Cette tempête qui dure inquiète mon père : le poids de la neige qui s'accumule pourrait faire s'effondrer le toit de la baraque. Mon père veille, il sort, croise d'autres pères anxieux, un *burnous* ou un manteau par-dessus le pyjama. Ils se rappellent un effondrement, heureusement le seul, et toute une famille hurlant sous les décombres. Mon père avait alors aidé à dégager les lourdes plaques de goudron composant la toiture, les planches de bois ; on avait dégagé les enfants, couru alerter les pompiers depuis la cabine téléphonique du coin de la rue. On avait attendu leur venue aux abords du campement ; les avait guidés vers le sinistre par les détours compliqués du labyrinthe. Maintenant une nouvelle crainte saisit les pères : ils évoquent la pénurie de charbon due à l'arrêt à quai, sur la surface gelée de la Seine, des péniches qui le livrent habituellement. Les anciens conseillent de réduire la quantité de boulets dans le poêle. Il faut de toute façon laisser une moitié d'air dans le four afin d'éviter l'asphyxie du combustible, qui pourrait, à cause d'une forte pression du gaz retenu, provoquer un départ de feu par la cheminée.

Un autre jour, il n'y a plus d'eau. L'unique source du bidonville, le robinet collectif planté à l'air libre, est gelée. Les enfants envoyés par leur mère s'égrainent, bidons et jerricans à la main, dans l'allée où un des habitants, un albinos ventru, a installé un hammam. Là, le maintien à température ambiante du bain a permis de protéger les tuyaux du gel. Le patron du lieu est tout heureux de nous rendre service. Ses cheveux frisés sont blancs comme ses cils ; derrière des lunettes à branches noires on aperçoit ses yeux, rosés ; il a la peau très pâle et des taches rousses sur les mains. Il parle avec l'accent d'une région que je ne connais pas, précieux, à l'intonation musicale, avec des syllabes appuyées comme des notes hautes qui s'attardent. Il nous observe depuis sa petite taille, posant des questions à celui dont le tour est venu de remplir son récipient.

Il est de ces adultes qui, longtemps, ont vécu dans ce bidonville sans apercevoir la tête d'un enfant. On les surnomme les « célibataires ». Dorénavant, notre présence auprès de nos pères a élargi leur champ ;

ils nous voient, nous écoutent, nous grondent ; ils n'attendent plus le coucher devant une tasse de café, l'oreille collée aux ondes du bled. Le soir passe soutenu par nos rires, nos questions, la douce voix de ma mère et le parfum du tajine aux olives qui manquait tant à mon père. Ils semblent revenus au monde, ces pères qui esquivent nos courses dans les allées étroites, surprennent notre rumeur au retour de l'heure d'études.

L'albinos me demande d'où je viens, quel est le nom de mon père. Je veux savoir comment il chauffe l'eau. Il m'entraîne dans un endroit obscur où, derrière des hublots ouverts, trois flammes bleues éclairent des appareils au gaz. Ici, pas de planches de bois ni de plaques de goudron ; le béton nous entoure, nous porte et nous cache le ciel. Me voyant surpris, il me dit :

— Tu ne peux pas savoir, mon petit, combien ça coûte de recevoir les autorisations de construire et d'ouvrir un hammam, même sur un terrain vague.

Le plafond dégouline d'humidité ; avant de se former, une goutte suit une longue trace tirée par les précédentes ; elle grossit peu à peu et lorsque son poids ne lui permet plus de rester suspendue, elle lâche prise et tombe. Son floc sur le sol résonne comme une note jouée sur un verre de cristal, avec un son différent selon que la flaque où elle s'écrase est large ou profonde. Cette pluie accompagne le ronflement monotone des flammes sous les tonneaux et le bouillonnement d'une eau qui chauffe, quelque part dans un récipient.

Je lis. Je lis beaucoup, j'attrape tout ce qui peut contenir des mots : les manuels scolaires, les illustrés, les magazines que je ramasse à la décharge. Je lis pour apprendre, moi aussi, à écrire de belles histoires comme il y en a dans le livre de lecture de la classe. Je lis lentement, en y revenant, pour apprendre peu à peu à aligner dans l'ordre les mots qui formeront ma phrase. Quand je lis trop vite, les mots traversent ma tête comme une rafale de vent. C'est la faute de Habib, qui veut récupérer rapidement les illustrés qu'il me prête. Il crie, hurle dans l'allée du bidonville jusqu'à ce que ma mère se fâche et m'ordonne d'aller lui rendre ses livres qui puent, à cet *agoun*.

Ce qui m'agace, c'est de buter au milieu de la phrase sur un mot ou un verbe dont je ne connais pas le sens, et ne pas posséder de dictionnaire. C'est comme croquer un caillou dans un bon casse-croûte. Habib en a trouvé un, de dictionnaire, à la décharge, c'est un gros livre à la couverture jaune. J'en aurais chialé de ne pas l'avoir trouvé avant lui. Il n'a même pas voulu que je le touche, il m'a dit : « Tu le veux, je te le vends ! » J'ai jeté les magazines que je venais de ramasser, qui sentent mauvais et noircissent les mains. Ma mère a raison de dire quand elle en découvre sous mon lit :

— Le bidonville pue la fange, cette baraque, le goudron, et toi, en plus, tu nous ramènes les odeurs de la décharge !

Elle les jette dans la gueule du poêle à charbon.

Jamais je ne voudrais faire le travail de mon père. Le matin, il démarre trop tôt pour qu'on ne le voie partir. Parfois, il me réveille, ou plutôt me réveille le bruit du moteur de son Solex lorsqu'il met le contact dans l'allée. La paroi de planches de bois de la baraque qui nous sépare est si fine que j'entends ses vêtements se froisser lorsqu'il l'enfourche. Puis il s'en va, le bruit du moteur s'éteint, comme l'image de mon père roulant prudemment sur une couche de neige, le nez au vent, en ce rude hiver de 1962.

Il est coiffé d'un bonnet de laine par-dessus une capuche marron en Skaï fourrée de poils gris, un long cache-nez enroulé en plusieurs couches autour de son cou. Deux tricots, dont un à col roulé, et une parka à fermeture Éclair l'engoncent.

Je le regarde se dévêtir le soir quand il rentre du chantier. Sous le bleu qu'il a ôté, il porte un caleçon gris piqué, long jusqu'aux chevilles, que des chaussettes épaisses recouvrent. Ses mains sèches raclent leurs gerçures quand il les frotte avant de saisir avec une belle envie le verre de café chaud que ma mère a posé sur la table. Sa cigarette se consume dans le cendrier. L'eau pour sa toilette bout dans la bassine, sur la flamme de la bonbonne de gaz.

La moitié du linge lavé le matin a déjà séché. Mon père peut sans se baisser rejoindre la table où la cafetière est posée. Ma mère lave le linge à la main, l'essore puis tend un fil en diagonale d'un bout à l'autre de la baraque. Elle le fait à l'heure où mes frères et moi partons à l'école : quand tout le monde est sorti, elle ne gêne personne.

Le repassage du linge n'est pas encore entré dans ses habitudes : nous n'avons pas de fer et l'idée d'en posséder un ne l'a même pas traversée. Je prends soin, avant de me coucher, d'étaler entre le matelas et le sommier le pantalon que je vais porter le lendemain. Si la pression de mon poids ne lui donne pas le pli que je souhaite, cet exercice efface les froissures en forme de plaies qui attirent le regard. Le bas de mon pantalon est souvent taché de gouttes noires qui giclent quand je marche dans la boue. Un pied éclabousse l'autre ; sur les terrains profonds je les écarte et dandine comme un canard. Les taches ne résistent pas une fois sèches, je les gratte avec la lame du couteau de cuisine et elles disparaissent en poussière, laissant une odeur âcre.

Noria, ma petite sœur, tousse à en faire de la peine. Le sirop qu'on lui a fait avaler n'a pas l'effet attendu ; la voisine, qui l'entend à travers le mur en bois, nous dit d'aller consulter au dispensaire, c'est moins cher que le médecin qui se déplace. Il faut se munir du livret de famille et du coupon de la Sécurité sociale de mon père.

Il y a du monde devant nous, mais il fait bon ôter gants, cagoules, cache-nez et s'asseoir dans la salle d'attente. Je me laisse brûler le dos par le radiateur et ma mère, lassée de l'oppression du gris du ciel, de la neige, réconfortée par le propre et le carrelage chaud sous ses pieds, murmure pour elle seule :

— *Rahma !*

Elle me dit de dire à l'infirmière que Noria tousse ; je traduis. L'infirmière saisit ma sœur par la taille et, avec ses précautions à elle qui font tiquer ma mère, dénoue avec un peu d'agacement le long tissu qui enserre le corps de Noria des pieds aux épaules.

— Tu dis à ta maman qu'il faut abandonner cette posture ramenée de chez vous, l'enfant va pousser naturellement, on n'a pas besoin d'être enroulé comme un saucisson pour ne pas avoir de malformation… les jambes et les bras de cette enfant ont le droit de bouger.

J'ai un peu honte, autour de nous les gens entendent ; ma mère ne pipe mot mais comprend et se fait toute petite. Ma sœur a droit à une bonne visite médicale ; nous repartons avec une ordonnance et une aide de cinq francs. Ma mère reviendra certains jeudis sans autre raison que ces cinq francs.

Ma mère aime recevoir le dimanche. Il y a toujours une ou deux familles autour de la table. C'est une fine cuisinière dont les plats, les surprises culinaires sont admirés. Mon oncle Abou ne se fait jamais prier pour venir et on rit beaucoup parce qu'il apporte sa bouteille de bière sous son manteau. Il boit de l'alcool, ce qui laisse perplexe, voire choquée la famille au complet. Mon oncle éclate de rire et, pour agacer davantage, ajoute qu'il ne pratique pas le jeûne du Ramadan. Comment est-ce possible, un Arabe, un musulman ? Ma mère rit aussi. L'oncle Abou la fait toujours rire, c'est un original – et il apporte le dessert.

La baraque est chaude, les enfants endimanchés courent, jouent à cache-cache sous les lits, les tables, les robes orientales de leur mère. À l'écart, les hommes causent des intempéries, du pays, de jeunes bras que le patron leur a commandés. Mon père dit « je m'en occupe ». Je sais que ce soir je vais écrire sous sa dictée au patriarche de notre famille, au bled, qu'on a besoin de jeunes gens durs à l'effort. Entre-temps, les hommes vont devoir trouver un nouveau refuge. Ce serait plus simple de construire une autre baraque aux abords du bidonville, d'autant que les anciens récupèrent sur leurs chantiers planches et matériaux en surplus, mais il est interdit de bâtir une baraque sans autorisation. La police veille, passe et repasse avec un plan bien défini. Lorsqu'elle découvre une saillie sur un alignement, les pompiers, portant leurs haches luisantes au-dessus de leur tête, réduisent en morceaux la construction en bois.

Ils nous demandent de venir, on a besoin des bras de nos pères, de nos bras, plus jeunes, et bientôt on nous laisse seuls. C'est contraire au bon sens, mais on se tait. Les nouveaux seront entassés sur des paillasses superposées chez les anciens.

Nous nous installons en France et peu à peu, les combines affluent. Nos voisins nous renseignent sur les aides matérielles dont on peut bénéficier auprès de la mairie, les lieux caritatifs qui distribuent des vêtements, l'adresse de l'écrivain public pour le courrier administratif. Ce dernier est un monsieur des Antilles venu se perdre au milieu des Maghrébins. Sa baraque est près du coiffeur, il a une chaise avec un petit chauffage électrique. Il a horreur d'aller faire la queue chez le charbonnier et de revenir plié en deux à cause des seaux pleins de boulets, ce qu'il dit avec un rire qu'on n'entend que dans la joie des noirs.

Une autre combine est de faire une demande de réduction pour familles nombreuses sur l'autobus et le train. Ma mère dit qu'elle pourra ainsi aller visiter pour moins cher nos cousins dispersés dans d'autres lointains bidonvilles ; mon père s'en servira pour le marché du dimanche à Argenteuil. Pour obtenir ces cartes, il faut des photographies de chaque membre de la famille. Le photographe du quartier pratiquant un coût trop élevé, mon père annonce qu'il nous emmènera tous samedi au Photomaton de la gare

Saint-Lazare, à Paris, où se trouve l'appareil le plus proche. Ma mère est réticente, elle ne s'imagine pas sans son *haïk*, son voile, en dehors de la baraque. Ce serait sa première sortie depuis que nous sommes en France.

Elle n'ose finalement pas se montrer sans voile sur un si long chemin, et c'est au studio du quartier qu'elle va se faire tirer le portrait. Sortie de la fange des allées du bidonville, elle se sent bancale, allonge le pas, le front baissé, jamais habituée à être vue le visage découvert. Elle suit mon père qui lève le bras à chaque Arabe croisé. *Salam* par-ci, *salam* par-là, on dirait un signe pour avertir ma mère qui aussi sec tire un peu plus sur le foulard qui la coiffe.

Nous autres, mon père, mes frères, ma sœur et moi, prenons l'autobus jusqu'à la gare de Nanterre. Par deux fois, dans les tournants, ses roues arrière roulant au pas cognent le bord du trottoir ; les voyageurs rient ; le chauffeur peste : « C'est pas un temps pour nous faire sortir... »

Paris, gare Saint-Lazare. La voûte si haute résonnant au moindre son, au bruit, à la rumeur. Les cris des oiseaux qui se chamaillent d'arc en arc, les clochards qui, chassés par le froid, s'avachissent sur les marches des escaliers. Puis on arrive au rez-de-chaussée, face à une librairie qui ne propose que des livres de poche. Là, on fait la queue devant le Photomaton, un franc les quatre photos. En tournant le siège pivotant, mon père aligne mon regard sur la ligne verte qu'il faut fixer dans le miroir. Il met une pièce dans la fente et tire le rideau gris après m'avoir ordonné de ne pas remuer.

Chaque flash me prévient que je viens d'être photographié. Tout s'est bien passé pour mes frères et sœur, mais moi je me fais gronder : sous l'effet violent du flash, j'ai par deux fois fermé les yeux ; il n'y a que deux portraits valables et il faut recommencer. On a gâché un franc par ma faute, je suis gêné.

Un soir, une panne de courant me surprend alors que j'ouvre un cahier sur la table.

— Oh ! s'exclame ma mère, comme à chaque fois.

Elle ne sait pas où elle a rangé les bougies. Je vais chercher la vieille lampe à pétrole jaune et poussiéreuse que mon père a trouvée on ne sait où. Je lui ai redonné son lustre en la frottant avec un chiffon imbibé de Miror. C'est un bel objet, plus beau encore lorsque la flamme a ranimé la mèche qui entoure le bec au bord cannelé, coiffé de son fragile tube de verre le protégeant des turbulences de l'air. Où que je la pose, cette petite chose domine tout de sa grâce et me rend joyeux. C'est moi qui l'allume le soir, même s'il y a du courant d'air ; sous son bec dont la chaleur me caresse le nez, j'étale mon livre et mon cahier.

Ma mère a mis la main sur les bougies, mais la grosse boîte d'allumettes reste introuvable. Qui ne l'a pas rangée sur la planchette au-dessus du réchaud à gaz ? Deux taches lumineuses, le feu derrière la fenêtre du poêle et la flamme bleue du réchaud sous la bouilloire, percent l'obscurité. Je me sers de la flamme bleue pour allumer un bout de papier que je tends vers la mèche de la lampe. Lumière !

— Viens par ici !

J'obéis à ma mère et la suis près du placard ; dans les tiroirs qu'elle ouvre il y a de tout, elle enfonce sa main tatouée dans les pelotes de fils à coudre, de boutons, d'aiguilles piquées sur un bouchon de liège... Elle s'énerve, tire trop fort sur un tiroir qui lui tombe sur les bras. Je vois, à la lueur de la lampe, la grimace qui lui soulève les joues, la colère qui la rend maladroite. Elle me prend la lumière, regarde tout autour du réchaud sous lequel se trouve la bonbonne de gaz. Ouf ! Tombée de sa place, la boîte d'allumettes est là, derrière le rideau de tissu.

— Il était temps qu'on trouve parce que...

— Parce que quoi ?

— Tu ne sais pas, toi ! De la chambre où tu dors avec ta sœur et tes frères tu ne les entends pas... Moi je peux même les compter quand ils tournent autour de la baraque. Ils ont faim, ils cherchent un trou pour entrer. Les sales rats ! La panne de courant va les faire venir encore plus vite...

— Tu as peur ?

— Ils font peur ! Rien que le bruit de leurs pas sur la rigole de boue me fait peur, parfois ils sont si près que j'entends leur respiration derrière le mur. Ton père rit, moi je tremble. Dans notre désert de pierre, ça n'existe pas, il a fallu que je vienne ici pour croiser le premier.

Un autre soir, je surprends notre épicier pinçant délicatement dans ses gros doigts noirs, par-dessus le tablier bleu, la pointe des seins juvéniles d'une fille de mon âge, de la famille Tounsi. J'ai cru que ma brusque entrée dans l'épicerie allait moucher l'élan d'Ami Ali, qu'il allait libérer la fillette de l'étau de ses cuisses amples. Mais il continue à visser, dévisser ses tétons puis, me lançant un regard en biais, il dit sèchement :

— Qu'est-ce que tu veux, *ould* Larbi ?

— Trois bougies et un demi-litre d'huile.

— De l'olive ou de la normale ?

— Celle de d'habitude.

— De toute façon, l'olive je la fais plus, j'en vendais pas.

Je vais jusqu'au baril d'huile et pose la bouteille dessus. Dans ce coin où s'entassent des cageots de légumes et de fruits, l'odeur de la banane domine les effluves d'épices qui, à l'entrée, saisissent davantage le nez. J'entends Ami Ali se lever de son tabouret. Il traîne le pied, tousse. Une fois devant le baril, il plonge une main dans la poche de son pantalon de velours vert sombre dont les lignes sont effacées sur les cuisses, sort un mouchoir, ou plutôt une serviette de table, à carreaux bleus, la déplie en la secouant et se mouche d'un souffle de bœuf, avant de soupirer de soulagement.

Il saisit la bouteille et enfonce le robinet du baril dans le goulot ; il pompe. Je me tourne : des bonbons dans une main, la fille attend ; elle a l'air d'être venue acheter des piles électriques, elle en tient trois dans l'autre main.

— Va, va, lui dit Ami Ali, tu reviendras pour me payer !

Elle part en saluant poliment.

Ami Ali est l'ancien propriétaire de notre baraque. Mon père la lui a achetée dès que nous avons obtenu l'autorisation de venir en France. Depuis, comme tous les épiciers djerbiens, Ami Ali habite à l'arrière de sa boutique. Cette épicerie nous est bien précieuse, surtout pour acheter à l'unité de nombreux produits que ma mère trouve trop chers en sac ou en paquet. La porte est ouverte tous les jours jusque tard le soir, parce que des Français viennent se ravitailler en alcool en se hasardant dans nos allées. Je le sais parce qu'un jour où j'étais venu changer une bonbonne de gaz qui nous avait lâchés à mi-cuisson de tripes orientales, Ami Ali m'avait dit d'accompagner un monsieur jusqu'à la sortie du bidonville vers le bar Le Parisien pendant qu'il fixerait la bouteille de gaz sur ma poussette.

En me tournant, j'avais vu un Français assis sur le tabouret d'Ami Ali. Il avait chaud ; la sueur faisait briller ses tempes et le dessus de ses lèvres. Il était venu acheter de l'alcool et craignait sûrement de s'égarer dans le dédale. Bien qu'Ami Ali se soit adressé à moi en arabe, l'homme avait compris et s'était levé péniblement. Il était ivre. Son regard inerte, fuyant, était incapable de fixer quoi que ce soit. Des bouteilles s'entrechoquaient dans la sacoche de toile qui pendait sur son épaule. Sous un trois-quarts beige, il portait un costume d'un tissu noir brillant avec une veste au boutonnement décalé, une cravate d'un bleu sombre à pois noirs et une chemise blanche à plis sur le torse. Ses cheveux avaient l'air mouillés, pas un épi ne se rebellait. Il sortait d'une noce, il ne lui manquait qu'un restant de confettis sur la tête et les épaules…

— Au revoir, monsieur Grégoire !

Monsieur Grégoire n'a pas répondu à Ami Ali ; l'avait-il entendu ?

À moi :

— Fissa !

— Oui, Ami Ali.

Monsieur Grégoire avançait en titubant. Je le prévenais quand je voyais des nids-de-poule ou des obstacles sur le chemin. Il s'arrêtait pour respirer, la main gauche sur le cœur.

— Tu sais quoi, mon bonhomme ?

Il parlait d'une voix détimbrée. Il a attendu que je réponde pour poursuivre.

— Quoi, monsieur Grégoire ?

— La dernière fois que je me suis paumé dans votre putain de labyrinthe, je ne pouvais même pas m'asseoir pour attendre quelqu'un, j'étais dans la gadoue… héhé !

Il s'est tourné vers moi. Gêné, j'ai fait :

— Héhé !

— Si on arrive à la bagnole, j'aurai un cadeau pour toi.

Il m'a souri, hochant une tête lourde d'ivresse. Il peinait à repartir ; je l'ai soulagé du port de sa sacoche, il s'est laissé faire et, le vin à l'épaule, je l'ai devancé.

Il m'est interdit de porter de l'alcool car je suis fils de musulman. Je me le suis pardonné en me disant que ça ne comptait qu'à partir de la majorité.

Ami Ali ne vend du vin que sous le manteau. Il souffle à l'oreille des clients de dissimuler les bouteilles sous leur blouson en les séparant afin d'éviter que le choc ne résonne dans les oreilles sensibles du voisinage.

La voiture de monsieur Grégoire était garée en face du Parisien. C'était une DS rutilante aux ailes sanguines, jaune pâle sur le capot. Les enjoliveurs brillant dans la lumière du lampadaire reflétaient nos silhouettes, les déformant comme l'auraient fait des miroirs de foire. La partie dentée des pneus était noire et celle qui entourait la jante, crème. Le carrosse ne dormait pas à la belle étoile, il étincelait, son garage était sûrement aussi vaste que notre baraque. Monsieur Grégoire a ouvert la portière, s'est voûté péniblement en s'appuyant d'une main sur le volant et s'est affaissé en faisant crisser le siège. Il a repris son souffle, s'est regardé dans le rétroviseur intérieur, a glissé la main sur ses cheveux gominés, s'est redressé, a tortillé du cou pour desserrer le nœud de sa cravate.

— On va rater le début ! a pesté une voix.

Je n'avais pas remarqué la femme assise à côté de lui.

— Du calme poupée, c'est un slow !

C'est ce que je pensais : tango, valse, cha-cha-cha, bossa nova, slow, voilà la détente préférée de monsieur Grégoire, il devait être un orfèvre dans ce domaine ; ça se voyait à son apparence et à son langage. Sa poupée et lui devaient sortir d'une salle de danse comme celle à l'arrière de la brasserie en face de la maison de Nanterre. On les voit, le dimanche après-midi à travers la vitre, tournoyer avec aisance. Des gens à l'image de monsieur Grégoire, claquant la mesure avec les doigts, le coude replié, et dans le costume un nœud papillon, des boutons dorés aux manches de chemise. Ils dansent sous la chaleur des lampions au bras de femmes au fard défraîchi, dont les robes moulantes à écailles scintillent des reflets de la boule multicolore qui tourne au-dessus de leurs têtes. Monsieur Grégoire a éternué, cherché son mouchoir en tapotant ses poches.

J'ai ouvert la portière arrière et déposé la sacoche sur le cuir rouge de la banquette. Une odeur mêlée de tabac sucré et de parfum féminin m'a saisi le nez. J'ai tourné les yeux vers elle, ses épaules débordaient du siège ; elle semblait de belle corpulence, de face et de dos, comme les préfèrent les hommes de chez nous. Elle a déplié sa jambe gauche et passé la main sur la jointure filée de son bas noir aux fibres luisantes. Elle s'est attardée machinalement sur son mollet. Elle a senti que je l'observais, cherché dans le rétroviseur à croiser mon regard ; timide, je me suis détourné. Je n'ai pas vu ses yeux, ce qui est bien dommage car il me suffit de fixer un regard pour lire une personne et son univers. Bousculant ma gêne, j'ai quand même épié à mon tour ses yeux dans le rétroviseur, alors qu'elle fixait la rue, sans parvenir à saisir plus que son œil gauche. Elle était blonde, la coiffure laquée, gonflée comme une barbe-à-papa. Ses doigts aux ongles rouges pinçaient une Royale à filtre doré, teintée du magenta de son rouge à lèvres. Bien sûr, monsieur Grégoire ne pouvait obtenir toute l'admiration qu'il souhaitait qu'aux côtés d'une blonde. C'est elle qu'on fixe, sur la DS qu'on se retourne, et c'est monsieur Grégoire qu'on envie.

Il a ouvert en ricanant la boîte à gants, y a plongé sa main.

— Hé ! Hé !

Il a saisi un rouleau vert de coupons, en a déchiré un et me l'a tendu.

— Dimanche, il y a…

Il ne savait plus ce qu'il voulait dire.

— *Les Travaux d'Hercule*, a fini la blonde sans se retourner.

Je l'ai remercié et j'ai fermé la portière. Le coupon était une place de cinéma, un ticket de balcon à deux francs cinquante au Select-Rama de Rueil.

Dimanche j'irais, je trouverais.

J'ai récupéré la bonbonne de gaz qui était sur la poussette.

— Tu vas dormir Ami Ali, il est tard !

Il m'a regardé, l'œil fatigué :

— À mon âge, tu sais, j'ai dormi tant de nuits que le goût m'en a passé…

Forçant sur sa vue à la recherche d'on ne sait quoi dans son souk éclairé de lampes sans abat-jour pendues au plafond, heurtant des sacs de semoule, de riz, de pois chiches, de haricots secs, il s'est retourné et m'a dit :

— J'avais douze ans quand mon père m'a confié notre épicerie de Hont Souk à Djerba. Nos cours coraniques à la *medersa* terminés, j'ai tout de suite rejoint la boutique pour prendre la relève, et à quinze ans c'est moi qui ouvrais dès l'aube jusqu'à plus d'heure, hein, mon petit ! Je ne ferme boutique que quand me vient le pressentiment que c'en est fini des clients pour ce soir. Je suis à l'affût, ici.

Il a mis son auriculaire sous l'œil et le pouce sur le lobe, l'oreille dehors. Il a gloussé.

— Je l'entends mon prochain client, il bâille, il tourne en rond, fâché avec le sommeil, il frémit d'angoisse à l'idée de manquer de repos demain sur son chantier, il ne peut plus attendre, il veut s'aider à s'assommer. Qui peut m'aider, se dit-il ? Ami Ali ! Il a certainement de quoi dans son capharnaüm, un cachet, un sirop. Et de ce pas, je l'entends qui enfile un manteau sur son pyjama en se répétant : « Ami Ali va m'arranger ça ! »

Il a gloussé, la main sur sa bouche.

— Il arrive !

Il a pouffé.

Moi, on m'attendait ; je me suis dépêché. La poussette sans ressorts penchait de tout le poids de la bouteille de gaz sur le chemin défoncé. J'ai évité de justesse dans la pénombre de bousculer une silhouette, un homme portant un long manteau sur un pyjama rayé.

Ce dimanche après-midi, je suis parti à la recherche du Select-Rama, la salle de cinéma de monsieur Grégoire. Depuis le bidonville, j'ai marché jusqu'à la gare de Nanterre, où j'ai suivi le panneau « Centre-ville ». Je suis arrivé place de la Boule, où se trouve une salle de cinéma, une haute façade triste d'un ocre gris. À l'affiche, *Joselito*, un film en noir et blanc semblant venir, d'après les traits des acteurs et les paysages qui les entourent, d'Italie ou d'Espagne… Sur les photos affichées à l'entrée, Joselito, un enfant de onze ou douze ans, est entouré de gens plutôt âgés – les hommes ont un chapeau noir dans les mains, les femmes, un foulard sombre noué sur la tête – qui le regardent avec des yeux pleins d'admiration, tandis qu'avec sa bouche toujours ouverte, les lèvres tendues, les bras hauts, les yeux au ciel, il semble chanter plutôt que prier.

Je file.

Je trouve un panneau « Rueil » et voilà que sur la gauche, dans une large avenue, un grand néon rouge clignote… Je suis content. La salle est comme je l'imaginais, comme les cinémas de Paris que j'ai aperçus depuis le taxi en arrivant ici. La façade illumine la rue, déchire la grisaille du jour. Tout est à l'image de monsieur Grégoire et de sa femme, le rouge carmin des coquillages Boer, le vert émeraude des sucettes brillant sous leur protection, le jaune citron de la poudre acide entourée d'une fine croûte qui fond dans la bouche ; la grande affiche sur le fronton encadrée d'un fil rouge lumineux piqué de petites étoiles blanches clignotantes ; les photos du film fixées par des punaises jaunes dans la vitrine de la colonne centrale…

Les Travaux d'Hercule : je ne le connais pas. Cet Hercule m'impressionne, tout en muscles des cuisses aux épaules, et la fille qui le tient par les hanches a l'air de l'admirer pour ça. Il se bat seul contre une armée et tord le cou à un lion…

Je pénètre dans le hall. Madame Grégoire est assise dans une cabine vitrée. Elle fume une cigarette qu'elle tient haut, encaissant et distribuant les tickets. Monsieur Grégoire, en costard gris rayé noir, les contrôle à l'entrée de la salle. Les murs du hall sont couverts de velours lisse couleur grenat, comme le bord capitonné des portes. Madame Grégoire dit « bonjour », « merci » et « bon film » à chaque spectateur. Quant à monsieur Grégoire, il me regarde à peine. Il était si saoul qu'il ne se rappelle sans doute pas qu'il se serait perdu sans moi…

La France n'est vraiment pas gentille, non seulement elle ne nous a pas payé le voyage pour venir assurer la relève, mais elle n'a pas non plus pensé à nous loger. Il fait très froid dans la baraque. Mon père est allé à la mairie demander des couvertures, que nous aurons la semaine prochaine. La Seine est gelée ; des courageux patinent dessus. Ma mère craint que nous manquions de charbon ; mon père est « en intempéries ». Ça veut dire qu'il ne peut pas travailler sur un sol à pierre fendre ; la lance du marteau-piqueur dérape. Il attend le redoux en buvant du café, l'oreille collée à la radio. Ma mère lui conseille de trouver un emploi en usine ; il répond qu'il a déjà essayé, mais n'a pu résister à l'appel du ciel ouvert.

C'est un homme des champs, de la montagne aride. Un ancien berger.

Mon père, c'est le plus costaud de son équipe de chantier : il creuse à la pioche ou au marteau-piqueur mécanique. D'abord, son chef trace au fil blanc les limites de la tranchée à creuser pour y enfouir des canalisations. Mon père soulève le lourd engin et l'actionne. Le bruit est infernal, il porte un casque réglementaire sur la tête mais pas sur les oreilles, ça n'existe pas encore. Ses collègues attendent qu'il ait fait le plus lourd, leurs pelles et balais sur l'épaule, en fumant des Gauloises bleues et en chiquant. Ils causent de choses légères comme du gel qu'on annonce, rient de notre premier président, Ben Bella, qu'ils jugent naïf et arriviste, mettent en colère mon père qui soutient et admire cet enfant de chez nous, de Maghnia. Il connaît sa famille – pas lui personnellement, parce que Ben Bella fréquentait les écoles en ville pendant que mon père était berger dans le reg… Il sait ses collègues de mauvaise foi, les deux Kabyles qui parlent algérien avec un accent haut perché auraient préféré un leader berbère et les trois Constantinois, un Chaoui à la tête du pays.

Maintenant que mon père a dégagé la poulie sèche de la tranchée, certains s'avancent pour piocher.

D'autres balaient, empilent les plaques de goudron sur la brouette qu'ils vont décharger dans la benne. Au travail, le silence se fait, les gaillards ne parlent plus, ils préfèrent en mettre un sacré coup le matin car l'après-midi, après le repas arrosé de bière ou de vin, il sera plus difficile de reprendre la pelle ou la pioche…

C'est un des deux manœuvres soufis qui allume le feu sous la plaque de fer remplie d'une ligne d'eau pour chauffer les gamelles au bain-marie. Les célibataires y déposent des conserves de légumes, de pâtes à la sauce tomate, des œufs pour les durcir… Ceux dont la femme a préparé la gamelle n'ont qu'un geste à faire. Quand les ouvriers s'arrêtent pour déjeuner, après s'être lavé les mains à la première bouche d'incendie et avoir rempli leurs gourdes, ils ne voudraient plus se relever.

Mon père a creusé tant de lieues de tranchées qu'il a dû faire son marathon au marteau-piqueur. Un jour il m'a montré, depuis l'autobus, tous les trottoirs qu'il a percés, les chaussées qu'il a éventrées avec son engin mécanique, de Bezons à Saint-Germain en passant par Houilles et Sartrouville. Au carrefour du Grand-Cerf, il a éclaté de rire en se rappelant comment il s'était retrouvé enseveli sous une profonde tranchée dont l'échafaudage avait lâché. Les collègues qui l'avaient tiré de là riaient en secouant sa poussière.

Mes parents, nos parents n'ont pas toujours été ces gueules tristes et abîmées qu'on voit sur les photographies prises dans les années soixante devant les murs des bidonvilles de Nanterre et d'ailleurs... Ils ont été gaillards, futés, enthousiastes, joyeux et jeunes.

Mon père a quitté le bled pour venir travailler en France parce que lui et son frère ne pouvaient pas vivre du lopin de terre hérité de notre ancêtre. Il ne voulait pas faire le berger pour un colon, ni surveiller sa vigne, ses orangeraies et ses citronniers... Il a laissé sa part de terre à son frère, repoussé méchamment les pièces jaunes que le colon lui tendait, et a emprunté à notre cousin épicier le prix du billet aller pour embarquer à Oran.

Ce n'est sûrement pas sans peine qu'il a dû se résoudre à embrasser femme et enfants – pas moi, j'étais encore dans le ventre de ma mère – et gagner la gare de Maghnia. Il quittait sa montagne, sa poussière, ses cailloux, son silence. Son nom aussi, car ce coin de reg porte notre nom, « Ouled Charef », il est sur une carte ancienne d'Algérie et peut-être même sur les actuelles. Ouled c'est nous, les descendants. Charef est le nom de mon arrière-grand-père qui, le premier, installa là sa tribu et fit creuser un puits au bord d'un ruisseau.

En partant, mon père quittait aussi sa flûte, dont il jouait comme tous les bergers. Ses yeux riaient, ses pommettes se soulevaient quand il soufflait dans le bois. Ma mère, elle, chantait en famille, en tribu. Elle menait, et les autres femmes, alignées en face ou à côté d'elle, avançaient et reculaient en cadence, rythmées par le *bendir* que ma mère portait haut.

Le soir, je sors de l'école et regagne rapidement la baraque. D'autres enfants continuent à jouer dans la rue et les terrains vagues. Moi, ma mère m'attend.

Je pose mon cartable sur mon lit, j'attrape un croûton de pain et sans qu'elle ne me dise rien, je prends le porte-monnaie qui est toujours à la même place, sur la commode qui ne bringuebale plus depuis que mon père l'a calée avec un morceau de carrelage. Je file à la boulangerie acheter deux gros pains.

Sur le chemin, les vieux de l'hospice de la maison de Nanterre rentrent comme ils peuvent, traînant leur carcasse saoule et vacillante… Quelques infirmières viennent avec des fauteuils roulants en ramasser sur le trottoir. Je ne lève jamais les yeux vers les immeubles qui nous dominent. Je crains toujours d'être vu, reconnu par un camarade de classe. J'ai honte d'être là où je suis.

À peine ai-je apporté le pain que ma mère m'envoie chez le boucher arabe. Elle n'a jamais voulu que je fasse les deux à la suite. Il faut que je rentre poser le pain et qu'elle me récite ses recommandations pour le boucher :

— Tu lui dis, c'est pour la gamelle de ton père, pas d'os, pas de gras dans la viande, et tu lui annonces la somme… N'oublie pas le sac !

Me voilà traversant le bidonville des Tartarins qui longe la voie ferrée. À l'entrée de la boucherie, il y a toujours des merguez qui cuisent sur la grille d'un *kanoun*… Les ouvriers célibataires en raffolent après le travail. Ils reviennent affamés, les engloutissent dans des demi-baguettes debout à l'entrée, une canette dans la main.

Le boucher est de chez nous, ou presque.

— Et ton vieux con de père ?

Il m'accueille tous les soirs en éclatant de rire. Je récite la chanson de ma mère et ajoute :

— Pour la somme de deux francs cinquante…

Il affûte son grand couteau et chante un vieux tube de Farid El Atrache. Je regarde vers le coiffeur d'en face pour éviter de voir le boucher qui me fixe en essuyant la lame du couteau sur son tablier blanc. Je le soupçonne d'être pédophile, il ne se prive pas de faire des commentaires lorsqu'il voit passer des bandes d'enfants dans l'allée :

— Ouh là là, il a ce qu'il faut derrière, celui-là. Et lui, je le ferais bien rebondir sur mes genoux !

Il rit, et des clients l'imitent… j'enfouis la viande emballée qu'il me tend dans le sac que ma mère m'oblige à prendre, à mon avis pour cacher aux voisins la faible quantité que j'ai achetée. Seul mon père mange de la viande… Il en faut dans la gamelle qu'il ouvre à côté de ses collègues à l'heure du déjeuner. Ma mère a toujours vécu au rythme des qu'en-dira-t-on et du regard des autres…

En rentrant, si j'ai des devoirs de classe, je les fais assis sur le bord de mon lit, mon cahier sur la chaise, ou alors je rêve – le ronflement du poêle à charbon s'y prête merveilleusement.

À sept heures, au réveil de mon père, je sors et je cours au Sept, le bidonville du haut de la rue. Dans le deuxième bistrot, perché au-dessus d'un perroquet enfoui sous les manteaux et les bonnets, il y a un poste de télévision. C'est là que tous les soirs je viens regarder, entre autres choses, le feuilleton *Janique Aimée*.

Je reste debout à l'entrée, au coin du bar, juste en face de la prostituée de la maison qui me sourit toujours en me voyant arriver. Entre elle et moi, tout le bar en zinc, les clients, bière, café et Ricard, je n'ai jamais vu personne commander autre chose, et les volutes de la fumée bleue des cigarettes. Bien souvent je décroche de l'écran, les cris des joueurs de dominos, les entrechocs de ces derniers sur la table m'empêchent d'entendre la voix des acteurs. Parfois je ne sais pas si je viens pour la télé ou pour observer ces hommes, jeunes, vieux, arabes, noirs, qui sont là à jouer, rire, se saouler…

Et la pute grille cigarette sur cigarette. Se penche sur un de ses bas qui a filé, sans gêne, retroussant sa jupe courte qui moule ses fesses… Elle se montre aux clients du soir, elle sait qu'aucun ne montera avec elle, ils n'oseraient pas devant les autres ; elle est accoudée au bar, écrase sa cigarette dans l'épais cendrier Cinzano et se tourne, monte l'escalier à l'arrière et disparaît… Les clients l'ont vue aller dans sa chambre. Maintenant qu'elle est là-haut, s'il y en a un qui a envie de prétexter d'aller aux chiottes…

Mais la plupart préfèrent aller aux bordels de Barbès, ils ne connaissent pas les filles et personne ne les connaît.

Parfois une bagarre éclate, très violente, entre deux cousins qu'heureusement on sépare, la bière ne fait pas toujours rire, elle réveille aussi les humiliations, les rancunes, le manque, la frustration… J'ai vu un jour un bagarreur pleurer, un homme que les sanglots secouaient comme un enfant, non qu'il avait perdu sa bagarre, mais il n'a pas pu s'en empêcher. Il a voulu sortir du bistrot, aller pleurer seul dans la nuit et l'allée boueuse, ça coulait sur ses joues tannées. Un autre homme l'a retenu, l'a fait asseoir à une table isolée. Le silence est revenu.

La prostituée est allée voir l'homme qui pleurait. Ce n'était pas celle de d'habitude, mais une autre, moche, la pauvre, à qui personne n'offrait de verre. Ils l'ignoraient tous, petite et ronde, des taches de sueur sous les bras, son ventre à deux plis, et dans son chignon roux, une baguette chinoise… Elle est allée consoler l'homme qui pleurait, s'est penchée, lui a dit des mots à l'oreille… Il l'écoutait en secouant la tête. Elle a mis la main sur son épaule, s'est penchée encore, elle ne parlait plus… Il ne pleurait plus. Elle lui a pris le bras, ils ont contourné les joueurs, elle a ouvert la porte et il lui a dit doucement :

— J'ai pas entendu ce que tu veux dire.

Elle a répété :

— Ce soir, ce n'est pas la *cahba* qui te parle…

Ils sont sortis.

Moi aussi je quitte le café, il fait nuit, c'est l'hiver, je saute de planche en planche, de carton en carton, ceux que les habitants du Sept ont mis au sol pour ne pas tremper dans la fange… Il n'y a pas de lumière dans les allées. On aperçoit au loin sur la route goudronnée, à l'entrée du bidonville, au-dessus du bistrot qui fait restaurant, un hôtel en dur où les célibataires sont trois par chambre. Ceux-là se partagent un loyer et ont l'eau et les cabinets sur le palier. Mon père dit qu'ils enrichissent les marchands de sommeil alors qu'au bidonville on ne paie que l'eau et l'électricité… Depuis qu'il en a parlé, je fixe avec mépris le gars de chez nous qui tient la caisse derrière le zinc. Il a toujours les coudes ouverts devant un carnet et un stylo, les doigts qui chatouillent sa moustache. Et il compte.

Il y a un pas que je reconnais dès qu'il aborde le couloir bordé de salles de classe. C'est un pas pressé, qui va toujours à la même allure, des semelles de crêpe faisant sur le sol un bruit de ventouse qu'on libère de sa morsure. Il annonce notre directeur. Si à ce moment notre maître est assis gaillardement sur le bord de son bureau, mine de rien il se redresse, saisit un livre et se relève au cas où… Si nous sommes en lecture, il élève le ton et lit d'une voix claire qui résonne dans le couloir.

La lecture est l'exercice que notre maître préfère. Il aime nous faire partager ce qui lui semble bon pour notre mémoire. Alors, je ne fixe plus mes chaussures ; le timbre chaud de sa voix, racoleur, me fait redresser la tête vers lui. J'aimerais dire avec la même émotion qui luit dans son œil le texte qu'il savoure avec nous. Il va lentement entre les rangs, agitant comme l'aiguille sensible d'un compteur la règle qu'il tient pour peser sur un mot, sur le sens d'une phrase. Il s'arrête, la règle en l'air : il nous murmure un danger en tournant sur lui-même, le regard exorbité ; nous transmet une peur qui s'installe en moi avec des frissons dans le dos.

Dans ma classe, il y a un élève qui s'appelle Camille Rose et qui est tout roux, même les cils et les paupières, qui porte de grosses lunettes à montures bleues et a plein de taches de rousseur sur la figure. Il marche et remue comme une fille, sa voix est fluette et claire. Je ne pense pas qu'il le fasse exprès, c'est trop fatiguant de jouer à un tel jeu toute la journée.

Notre maître m'a mis à côté de lui le jour de mon arrivée. Son problème n'est jamais dans le cours que nous sommes en train de suivre, ni même à l'école, mais ailleurs : il est toujours en train de fouiller dans ses poches de tablier bleu en Nylon – c'est le seul qui en porte un – ou dans son cartable, de noter un mot ou de faire un dessin sur un carnet sale et usé qu'il ne lâche jamais… Je rêve de le lire, mais quand il écrit, il replie la couverture vers lui et cache la feuille avec sa main. Rose a treize ans et monsieur Raffin ne s'énerve pas de le voir en classe de rattrapage depuis deux ans : ils rient ensemble, sont complices.

Parfois, Rose se laisse aller ou ne le fait pas exprès, il pose, sous la table, sa main sur ma cuisse. Mine de rien. Je regarde sa main, une main de fille aux ongles rongés, glisser lentement vers ma braguette. Il fait comme si de rien n'était, joue à celui qui s'applique bien. Je regarde sa main et je me tourne vers lui, il me lance au creux de l'oreille :

— Je suis plus âgé que toi, je sais des choses qui te plairaient si tu me laissais faire.

Je le regarde naïvement. Il se repenche vers moi et murmure :

— Mon copain Ernest m'a dit que j'étais plus adroit que d'anciennes copines à lui… Tu sais, Ernest a dix-sept ans, bientôt dix-huit, je le rends dingue !

Il pouffe.

— Si tu veux, tu viens chez moi, je te montre.

— Silence ! crie monsieur Raffin.

À la fin de chaque journée, notre maître nous lit quelques pages des *Misérables* de Victor Hugo, ce que j'attends avec impatience. Il troque alors la voix que nous connaissons contre une autre plus mélodieuse, traînante, suave. Je n'ai pas l'impression qu'il nous lit un livre, mais qu'il me parle à moi, que l'histoire de Jean Valjean, c'est à moi qu'il la raconte.

Au début il avait choisi de nous lire *Les Trois Mousquetaires*, mais il a vite été déçu : on ne réagissait pas. Ni rire, ni souffle d'exaspération, ni geste de mauvaise humeur… Il nous a fixés les uns après les autres de son regard vitreux. Quand ça a été mon tour, j'ai baissé la tête… Puis il a claqué des doigts :

— Les trois mousquetaires, c'est pour ça que cette histoire vous gonfle, sont à votre avis trois gros cons de flics ou trois gros crétins de gendarmes qui se battent pour défendre l'honneur et la fortune d'un roi et les bijoux d'une salope de reine contre des voleurs. Des lascars, des misérables !

Je n'ai rien dit. Notre maître s'est dressé sur sa chaise pour observer le fond de la classe. Les autres n'ont pas répondu non plus. Il a éclaté de rire, s'est frotté les mains, a répété : « Les misérables ! Les misérables ! » Puis, d'un coup :

— J'ai raison, n'est-ce pas ? N'est-ce pas que deux d'entre vous ont leur père en prison ? Qui est de ceux-là ? Hein ? Alban, c'est ton père qui est à la Santé, n'est-ce pas ? Et l'autre c'est le tien, Rémi ?

Je ne les ai pas cherchés des yeux comme les autres élèves qui se sont tournés vers eux. Cette putain de pudeur héritée de ma montagne.

— Vous êtes d'un milieu où les mousquetaires, c'est pas votre tasse de thé…

En me regardant il a dit, content de lui :

— Ni de thé à la menthe !

Il n'y a que lui qui rit quand il faut rire. Nous on n'ose pas, par peur d'être punis. Moi je le pourrais, je n'ai rien d'autre à me reprocher qu'avoir été inscrit tard à l'école… Chez les autres, il y a l'alcool, la violence à la maison, la mère seule, le père on ne sait où. Je dois être plus facile à rattraper.

— Je jette à la poubelle Alexandre Dumas et ses lèche-bottes de mousquetaires, et à nous Victor Hugo, à moi *Les Misérables* !

Il m'a semblé qu'avec ce mot il nous appelait. Mais on est resté assis.

Le jeudi matin, Habib et moi allons à la déchetterie pour glaner des bouteilles vides de lait et de vin et récupérer la consigne chez Ami Ali. Dès que nous arrivons au bord du terrain très pentu, ce qui facilite l'éboulement des déchets, les premiers oiseaux fuient. Ils sont là par centaines. Je ne reconnais que les corbeaux et les pies, d'autres au plumage moins commun, gris, blanc, la houppe arrondie et noire, filent aussi haut. C'est un ciel voilé qui se meut à tire-d'aile, des cris aigus qui couvrent notre quête. L'odeur est parfois insupportable ; je me fraie un chemin qui ne m'oblige pas à enjamber les sacs pleins et les gros cartons. Ma hantise est de marcher sur un gros rat aux dents longues et pointues qui me flanquerait la rage en me mordant après avoir hurlé de douleur sous mon pied. Je bondis en avant au moindre appui douteux. Contrairement à Habib, je n'éventre jamais un sac poubelle, qui pourrait dissimuler une morbide surprise comme une tête humaine.

— Hé !

Je me tourne, Habib exhibe son trophée : une bouteille de soda vide avec un bouchon blanc en émail et une collerette rouge en caoutchouc, le top de la consigne. Il me nargue avec son sourire de crâneur. D'une légère pression sur le levier métallique il ferme la bouteille, le bouchon tient dans le goulot. Habib a déjà gagné trente centimes, le bocal à couvercle fileté a la même valeur ; j'en ai ramassé sans jamais trouver le couvercle qui le fait vendre.

— Pendant que tu découpes les piafs, moi je découvre des trésors ! lance-t-il.

Je ne peux même pas aller le bousculer, il a une patte folle. Lorsqu'elle bat sur le côté il est toujours à la remettre sur le droit chemin. Son corps, en marchant, balance au rythme du tic-tac de l'aiguille d'une pendule. Avec lui, je m'empêche de courir. Au niveau des bras en revanche, il porte plus lourd que moi.

Il vit seul avec son père qui, n'ayant pas de quoi faire rapatrier toute sa famille, n'a payé le voyage qu'au plus âgé de ses enfants, pour lui faire profiter de l'école. Habib n'a pas de chez lui, il vit dans une baraque commune où s'entassent des ouvriers célibataires de toutes origines. Il occupe la paillasse basse d'un lit superposé, du haut duquel son père le surveille.

Le samedi et le dimanche, les ouvriers ne travaillent pas, c'est un va-et-vient incessant qui dérange Habib. La porte sans serrure de la baraque grince régulièrement et claque en envoyant une bouffée d'air froid. Lorsque Habib ouvre un livre ou un cahier, il y a toujours quelqu'un pour lui dire « Tu sais lire ? » ou « À quoi penses-tu, petit ? ». Il vient chez moi pour réviser des récitations et ma mère le plaint.

— Tu écris à ta mère ? lui demande-t-elle.

— Oui, avec mon père on lui envoie une lettre par mois.

— Tu n'es pas triste d'être sans elle, sans tes frères et sœurs ?

Il rit.

— Je suis content d'avoir papa à moi tout seul, je ne l'avais pas vu pendant cinq ans.

— Il te fait bien à manger ?

— Oui, mais avant qu'il rentre du travail je fais les courses et je prépare tout, même les courses des célibataires, ils me donnent la pièce…

Un jour, j'arrive enfin à réunir trente centimes en économisant sur les commissions. À chaque course, je demande à ma mère si je peux m'acheter un Carambar, si elle dit oui je mets cinq centimes dans ma poche. Trente centimes : c'est le prix du dictionnaire que Habib a trouvé à la décharge. J'ai essayé de marchander le tarif comme mon père au marché d'Argenteuil, mais Habib a levé un index et m'a signifié lentement son refus.

Je lui ai tendu l'argent ; il a compté, recompté, puis s'est levé du muret sur lequel il était assis, les fesses sur le dictionnaire, et est allé à la boulangerie.

Mais ma joie n'a duré qu'un instant, jusqu'à ce que je m'aperçoive de ce que Habib m'a fait. J'ai le bottin entre les mains !

Chez Yannis, le marchand de sommeil de l'hôtel Au tout va bien, le chauffage est compris dans le prix du loyer de la chambre. De retour le soir après une journée de travail, le premier rentré des célibataires doit faire ronfler le poêle dans la carrée humide. Les lits superposés sont défaits, la vaisselle du matin trempe dans la bassine, les chaussures sont sous les lits, les vêtements, accrochés à des gros clous au mur, les serviettes de bain jetées sur les oreillers froissés, tout baigne dans l'odeur repoussante du cendrier plein… Le célibataire saisit les seaux à charbon et descend jusqu'à la cave de l'hôtel où, à une extrémité du couloir obscur, sont alignés de gros sacs noirs, gras, de boulets de charbon. Il remplit les deux seaux et remet la pelle à sa place, puis remonte par l'escalier de service. Il peste entre deux étages, point de lumière, ni de lucarne qui guiderait son pas hésitant… Dans la piaule, il s'agenouille face au Godin, libère le bac à cendres qu'il vide dans la poubelle… Il place la feuille de journal qui a enveloppé les patates sous le petit bois, fait craquer l'allumette.

Ses collègues rentrent les uns après les autres. Ceux qui ont ramassé une lettre au bar de l'hôtel ne voient rien alentour, ils s'écrasent sur leur lit, ouvrant l'enveloppe avec délicatesse ou précipitation. Les autres jettent leur sacoche sur la table et vont se servir du café que le premier rentré a fait bouillir dans la cafetière sur la plaque de gaz… On fume, on ne se dit rien. Du coin de l'œil, on épie celui qui essaie de déchiffrer le contenu de la lettre reçue. Aucun ne lit le français. On cherche la lumière, se dresse, tend les bras vers l'ampoule accrochée au plafond… Parfois un juron fuse, une mauvaise nouvelle, il faut envoyer un mandat. Personne ne pose de question, chacun est seul avec sa famille, sa vie.

On attend que l'eau boue dans la grande bassine d'eau sur le poêle. Ensuite, chacun en prend un peu qu'il mélange avec de l'eau froide dans sa bassine pour faire sa toilette. Les boîtes de conserve achetées à Ami Ali s'entassent dans le coin cuisine avec le pain, un fruit, des pâtisseries…

— Allume le poste ! dit l'un.

— Les pauvres garçons ! fait ma mère lorsque mon père lui parle de ces gars-là. En colère, il ajoute :

— Et tu crois que ce marchand de sommeil leur installerait un chauffe-eau ?

Ce soir encore, je suis allé à dix-neuf heures vingt-cinq au café du Sept pour suivre mon feuilleton, *Janique Aimée*. Ce bidonville est le plus morne, le plus triste de tous. On n'y entend jamais l'écho, à travers les murs de planches de bois, d'une voix énervée de mère qui prévient sa marmaille, de cris d'enfants qui chahutent, de la voix rauque d'un père qui supplie pour avoir du calme… Ce bidonville n'est peuplé que d'ouvriers célibataires. Il ne vit que le soir, du bruit sur les planches noyées dans la boue, des pas pressés des hommes qui, demi-baguette sous le bras et boîte de conserve à la main, zigzaguent pour éviter de tremper leurs godasses dans l'eau noire. D'un bout à l'autre de l'allée obscure, des silhouettes sans visage avancent en vacillant dès qu'ils ont bu trop de bière, les bras écartés comme des funambules sur un fil. Ils me font peur.

En voilà un qui se retrouve sur le cul. Je ramasse sa boîte de conserve, il peine à se relever. C'est le moment que je redoute le plus : on dirait qu'il s'agrippe à mes yeux, honteux et faible. La bière lui a ôté tout souci, il pouvait aller dormir tranquille ; mais elle lui a enlevé sa puissance aussi… Je ne peux pas l'aider à se relever. Je lui prends sa demi-baguette, l'enfouis dans sa poche, maintenant il a les deux mains libres. Il se cramponne au bois du mur, me fixe avec son regard transparent, devenu tout gris.

Il me rappelle nos nuits de chasse aux oiseaux nocturnes avec mon frère, dans le reg. À l'aide d'une torche, nous arrivions à surprendre un hibou juché sur un arbuste sec ou entre deux gros cailloux. La flamme dans la nuit noire pénétrait l'orbite de ses yeux et lui transperçait l'iris. Comme des lièvres face à des phares de voiture. Mon frère saisissait le rapace hypnotisé et me le confiait, puis nous continuions la chasse. Je tenais l'oiseau, le poing serré sur ses pattes.

Une nuit, loin de la flamme, le hibou que nous venions d'attraper reprenait ses esprits. Je ne le regardais pas, je sentais qu'il s'ébrouait, se dandinait, cherchait mon regard. Je le savais, d'autres oiseaux de sa race m'avaient fait le coup. Il se trémoussait, remuait sur mon poing et moi je suivais mon frère, je ne baissais pas l'œil ni la garde, sinon on ne mangerait pas de hibou. Lui continuait son jeu, il en allait de sa vie, il battait des ailes, couinait, me mordait avec son bec en accent à l'envers… Nos yeux ont fini par se croiser. Il s'est figé, a relevé le cou, l'a tendu, de son œil a surgi une onde claire, brillante, très fine mais qui m'a hypnotisé à mon tour. Impossible de m'en libérer. Ses yeux se sont dilatés, ont tourné dans leur orbite de gauche à droite, dans tous les sens ; et son cou, sa tête s'est mise à tourner. Elle pivotait sur elle-même, des tours entiers dans les deux sens. J'ai eu si peur, en plus d'être dans ce désert en pleine nuit, que j'ai lâché le rapace…

L'ouvrier célibataire se relève sans me quitter des yeux. Je ne lui montre pas qu'il me fait peur. Il est âgé d'une trentaine d'années, le visage osseux, les pommettes apparentes, une barbe de cinq, six jours. Une enveloppe timbrée d'Algérie dépasse de la poche de sa veste, dont je lirais bien le contenu. Il est debout, me prend des mains sa boîte de conserve… Je m'en vais, ne me retourne pas.

J'entre dans le café où les dominos claquent sur les tables, les numéros sont annoncés en criant, une chaise racle le sol poussiéreux. La prostituée maison est à l'entrée, adossée au bar. Elle regarde dehors, il n'y a rien à voir mais elle m'a vu approcher, c'est elle qui m'a ouvert. Elle m'a souri et a jeté un coup d'œil à son bracelet montre, un bracelet en or ou en toc. Elle a tiré une bouffée sur le filtre jaune de sa Royale, avec ses ongles rouges. Manque de pot, la télé, au-dessus de la porte de la cuisine, est éteinte. Déçu, je vais pour ressortir ; elle me dit :

— Attends, je vais te l'allumer.

— Merci, madame.

Je remarque alors qu'elle a un gros *tortora*, comme dit le boucher de notre bidonville lorsqu'il s'extasie sur les fesses des garçons en culottes courtes qui passent devant son étal. Mieux vaut pour elle qu'elle possède des hanches pleines, chez nous on les aime ainsi… Elle revient à côté de moi.

— Tu auras loupé le début de ton feuilleton.

Je ne réponds pas, elle ajoute :

— Moi je ne regarde pas trop les images, j'écoute pendant le générique le résumé de la veille, comme ça j'ai l'histoire…

Elle rit en me regardant, me demande :

— *Essmak ?*

— Ahmed pour mon père, Ahméda pour mes frères et Sid Ahmed pour ma mère.

— C'est bien, t'es pas tout seul.

Je ne sais pas ce qu'elle a voulu dire. Elle se tourne vers moi, je suis gêné, je perds Janique qui, sur son Solex, poursuit un méchant personnage. Je me demande si ce n'est pas de l'impolitesse d'avoir oublié de lui demander son prénom à elle… Elle est belle, cette femme, je m'exclame en moi-même. Je ne le vois que ce soir. Je crois que sa solitude, morfondue au coin du bar, tout cet univers sordide me l'ont masqué. Je n'ai pas peur, je la fixe, son regard marron clair, un jaune non affiné qui emporte ma curiosité ; plus l'œil est profond, plus il dissimule de souvenirs, les larmes coulent de chagrin ou de joie, on les essuie avec l'index, plus on pleure, plus on a les yeux enfoncés. Je regarde ses traits fins sinueux sur le front, aux coins de la bouche, les méandres de son chemin parcouru, je voudrais en savoir plus sur elle.

— Va t'asseoir près du poste, le vendredi soir ils crient fort les joueurs de dominos, ils ont eu leur paye !

Je n'ose pas prendre une chaise pour me rapprocher du poste. Elle n'insiste pas. Elle devine ma timidité et se détourne pour fixer l'allée que les rafales de vent noient dans d'épaisses fumées noires. Tous ces murs de bois aveugles, ces planches alignées sans une trouée de lumière, de vie qui perce… A-t-elle envie de s'évader, elle, ma prostituée ? Je laisse tomber Janique Aimée à ses psychodrames douillets et je l'observe d'un œil discret.

Elle a l'âge d'une jeune mère mais c'est une femme qui a vécu, qui a porté plus lourd dans son ventre que le poids d'un enfant ; ses épaules basses me le disent, son échine penchée aussi. Elle a bourlingué. Machinalement, elle se tourne vers moi, me sourit. Je ne la crois pas, je sais que ses yeux regardent vers l'arrière, vers l'avant, et peut-être même que quand elle est là-haut, allongée sur le dos dans la chambre, les jambes au ciel avec sur son ventre un homme qui tangue dans le grincement agaçant de la paillasse, elle est ailleurs.

Avec ma mère c'est pareil, même quand elle rit, je distingue au fond de son œil un éclat passé, une lumière ternie autrefois vivace. Ma mère a les yeux d'une femme qui en a chié.

Cette femme, à côté de moi dans ce bistrot, a connu tellement d'hommes, vu tant de décors, entendu tant de promesses, fait tant de découvertes que jamais la dépression, la tristesse n'ont eu d'emprise sur elle. Elle fuit, elle sait le faire. Il ne faudrait pas que ça la rattrape. Elle est si douce. Elle me surprend à la loger au plus profond de mon atelier à souvenirs, elle me demande :

— Tu as quel âge ?

— Dix ans.

— Tu crois que je ne sens pas tes yeux fixés sur moi… Tu ne regardes pas la télé ?

— On dirait que tu surveilles les ouvriers qu'il y a ici.

— Tu as deviné, *andek mif* !

Je ris. Elle continue :

— Si je n'étais pas là, ils ne pourraient pas refouler l'amertume qu'ils portent comme un fardeau, ils se battraient… Le patron dit que ma présence les rassure, il ne me fait pas payer la chambre où je travaille.

Justement, il l'appelle.

— Oui !

— *Ya lalla*, j'ai faim !

— Je m'en occupe.

Elle va pour partir, se ravise et me souffle au creux de l'oreille, en regardant les ouvriers :

— Je suis leur mère et leur maîtresse.

Elle pouffe dans la paume de sa main et s'en va.

Elle s'appelle Halima.

Contrairement au Sept, le bidonville des Grands-Prés n'est habité que par des familles, comme celui du pont de Rouen. On a laissé des pères y construire des baraques dans la perspective d'accueillir les leurs. Le bruit s'est vite répandu, les flics et les pompiers ont laissé faire sous l'approbation de la préfecture, ça arrangeait tout le monde. Les pompiers peuvent toujours détruire une baraque en un éclair s'ils jugent qu'elle gêne leurs manœuvres vers un feu ; les flics sont obligés de recenser tout nouveau migrant et peuvent l'envoyer s'installer ailleurs.

Ces bidonvilles permettent aux pères de s'éloigner des habitations de célibataires, de se débarrasser de leur réputation de buveurs, d'éviter à leurs enfants, leur épouse, tout ce qui pourrait venir de la bouche des ouvriers et traverser les maigres planches de bois qui séparent les baraques : les histoires de cul, les insultes, les gros mots… Tout ce que le père a été et qu'il cache désormais.

Tout petits nous sommes déjà anéantis par l'exil, notre enfance derrière nous, une enfance qu'il faut renier, oublier, à commencer par notre langue.

J'aimerais retrouver la mienne, la parler, la penser toute une journée. Je me rends bien compte que peu à peu elle me fuit en s'abritant derrière le français, qu'il me devient plus facile, plus naturel de penser en français. Comme un réflexe nouveau. Le petit berger que j'étais, l'enfant des rues de Maghnia, sans école parce que la guerre faisait rage, avec sa langue, son patois, qui disparaît au profit de celle du colon dont avant il se détournait.

Et ma couleur ! Ma peau tannée qui devient grise, triste, qui se dépare de moi, de ce que je suis devenu ; je ne me reconnais pas, et le plus difficile est de se répéter qu'il faut dorénavant faire avec... Combien de temps encore ? Papa a dit trois ans, puis on retourne au pays. Il croit faire fortune en si peu de temps et nous ses enfants, il nous voit avec un diplôme pour trouver un poste à Maghnia.

Mon rythme est aussi dans mon allure, mes gestes. Il est lent, inspiré, étudié, je me déplace avec élégance, j'écoute le son intérieur de mon corps, je m'évalue des pieds à la tête. Je m'envoie des caresses intérieures. Il me suffit pour cela de penser à une partie de mon corps et aussitôt des frissons la font vibrer... Je joue à ce jeu parce qu'il faut combler les douleurs que je ne peux contrôler et qui me surprennent au ventre, aux mains, aux jambes, après une affreuse nouvelle ou un mirage de violence, de fureur, de bruit, de cris.

Dans ma montagne, à l'heure la plus chaude de l'après-midi, quand tous sont à la sieste, que pas une âme n'ose affronter la fureur du soleil, je suis à l'ombre des peupliers, arbres au parfum de chlorophylle, si hauts qu'ils touchent l'air frais du ciel et le font descendre vers leur bas feuillage pour s'aérer. Au-dessous, j'en profite, les pieds nus dans l'eau de la rivière. Je ne rêve pas, je parle tout seul, j'écris des histoires, ce que je raconterais à mon père s'il était avec nous, ce que j'aimerais dire à ma mère… Je suis léger, je suis libre.

Aux Pâquerettes, à l'école, je me sens épié, regardé. Parce que je ne suis pas d'ici, je me sens dégingandé, tout le temps bancal. Trois ans, ça ira, je peux tenir, je ne suis pas une femmelette… Pourvu que mon père ait raison.

Le mardi, à Maghnia, on allait au marché avec ma mère. Elle voulait être comme tout le monde, comme tous les habitants des villages alentour qui y venaient. On s'asseyait par terre à l'ombre du vieil hôtel et on regardait les autres acheter, remplir leurs paniers. Les voix des camelots, les cris des bêtes, le bruit pétaradant des vieilles voitures, la rumeur ample. La foule marchant lentement dans les passages étroits bordés de marchandises étalées sur des tapis, leurs vendeurs assis ou debout en train de discuter, compter, peser, et des silhouettes dans des *haïks*, des *djellabas*, un *razza* ou un foulard sur la tête. Ça se bousculait et ça s'arrêtait, femme ou homme, dans un long moment de méditation, comptant ses sous dans sa tête, se demandant s'il avait assez marchandé avec le vendeur. Ma mère aussi se posait ces questions avant de se décider enfin à acheter la semoule. Cinq kilos, huit ? Quand elle était sûre de recevoir un mandat de mon père, elle en prenait dix.

Mais la plupart du temps, elle n'achetait rien ; on était là pour faire croire aux voisins qu'on avait nous aussi un peu d'argent à dépenser. On prenait un pain de savon noir, un sachet de sucre en poudre et un autre de thé vert. Pour la semoule, on attendait la fin du marché, en début d'après-midi, pour s'approcher de la rangée des marchands de céréales. Ma mère s'agenouillait devant les sacs de semoule, y plongeait sa main. Une poignée de graines dans la paume, elle tâtait, sentait, disait au marchand :

— La couleur n'est pas joyeuse !

Le marchand la reprenait, énervé :

— D'abord, *ya sidi*, tu n'as même pas écouté quand j'ai dit tu touches pas la semoule, et toi tu mets toute la main, et après ma semoule elle est pas joyeuse ? Va voir chez les autres si tu trouves une semoule aussi dorée !

Ma mère rendait tous les commerçants fadas pour cinq kilos de semoule… On faisait les étals les uns après les autres, elle savait faire sortir chacun de ses gonds. Elle ne les regardait jamais, depuis la fine ouverture du *haïk* à la hauteur de ses yeux. Ils ne voyaient que ses mains tatouées. Sur le chemin du retour, elle me disait :

— Tu as vu l'avant-dernier.

— Qu'est ce qu'il avait ?

— J'allais pour lui acheter à lui la semoule, mais j'ai remarqué qu'il a mis deux fois les doigts dans son nez… Quoi encore ! Le *khanez* !

— Et le deuxième ?

— T'as pas vu ses pieds ?

— Non.

— On ne peut rien acheter à quelqu'un qui a des pieds comme ça. Mais le plus original, c'est celui qui m'a rappelée quand je n'ai pas voulu de sa semoule, tu te rends compte de ce qu'il m'a dit ? Tu as vu ses yeux ?

— Non, *Ouma* !

— *Ya ouildi*, il faut que dans la vie tu apprennes à regarder les gens sans lever les yeux, sans qu'ils s'en aperçoivent ! Il n'y a que là que tu les vois pour de vrai ! T'as rien deviné ?

— Non.

— Il me laissait prendre les cinq kilos au prix que je lui ai demandé, il m'en offrait deux autres gratuits et il me les portait lui-même jusqu'à chez nous ce soir si je lui donnais l'adresse…

— Il est gentil, *Ouma* !

— Quoi ? Le filou oui, le saligaud ! Les hommes, dès qu'ils voient une femme seule…

À l'école, je passe pour le fayot. Non seulement j'aime lire à haute voix et suivre certaines matières, mais on me voit régulièrement à la bibliothèque, ce qui pousse parfois notre maître à me balancer devant les autres :

— Comment as-tu trouvé les contes des *Lettres de mon moulin* ?

Je me lève, les mains dans le dos, d'abord surpris, comprenant peu à peu qu'il tient ses informations de Suzanne, la dame qui enregistre les sorties et retours :

— Il y en a que je n'ai pas compris, monsieur.

— Tu me diras lesquels, moi je préfère de loin les contes d'Andersen !

Puis il me fixe, les yeux au-dessus de ses lunettes blanches. Je reste debout.

— Tu te demandes comment je sais ce que tu as lu, hein ?

Je hoche la tête.

— Suzanne trouve comme marque-page des tickets de cinéma « Select-Rama » dans les livres que tu empruntes, nous les conservons. Arrivé à dix, on t'offrira une place. Alors continue de lire !

Il éclate de rire.

Dans ma classe de rattrapage il y a les Chleuhs, les Chaouis, les Berbères, les soufis, les Tunisiens, les Marocains. Et moi qui croyais que tout le monde parlait arabe comme moi… Chacun a son accent, son vocabulaire, on se comprend mais tous se moquent des intonations des autres.

J'ai repéré celui qui, déjà, refuse de s'ouvrir à ce nouveau monde. Il ne lève jamais la main. Notre maître surnomme ce type d'élèves les « manchots ». Ils ne trouvent de l'intérêt à aucune matière, écrivent ce qu'on est obligé de noter, se lèvent poliment, les mains dans le dos, lorsqu'on les interpelle… Ils hésitent, bégaient, baissent les yeux, haussent les épaules, bafouillent deux ou trois mots, se grattent le bout du nez jusqu'à ce que notre maître les fasse rasseoir en leur infligeant une note en rouge plusieurs fois soulignée.

— Monsieur Achour, j'ai le sentiment que vous allez tenir compagnie à cette classe encore jusqu'à votre adolescence…

Certains élèves pouffent bas et le maître ajoute en bondissant de sa chaise, frappant fort de ses deux poings sur le bureau :

— Comme Edmond !

Du haut de ses quinze ans et demi, entré en rattrapage à douze, le jeune Edmond sursaute, s'empourpre.

À la sortie de l'école, les enfants courent vers leur baraque. Ils braillent, rient, crient en arabe. C'est comme une libération.

Ils sont la deuxième génération. La première était là pour travailler, reconstruire ce que la guerre avait détruit, rénover ce qui était ancien. Nous, on nous a fait venir pour rester. Ce qui nous le dit, le confirme tous les jours, le soutient mordicus malgré nos peurs, c'est l'école.

Lorsque sa grande porte s'ouvre en fin de journée, on ne la quitte pas en marchant. On se sauve sans se retourner car son cri, son message nouveau et violent à l'adresse des enfants de notre âge est : « Intègre-toi ou crève ! »

Ce qui retient par le dos l'enfant immigré, ce qui lui enlève toute envie, tout désir de connaissance, de possession, c'est qu'au fond de lui, il sait qu'on l'a autorisé à rejoindre son père en un exil lointain pour, plus tard, prendre le même chemin que lui. Pourtant, il est différent : le père est docile, secret, l'enfant a la rage, la haine… Il porte en lui l'idée que ce n'est ni l'admiration, ni la reconnaissance de l'effort du père qui a conduit à regrouper sa famille. Il y a de la besogne, d'immenses chantiers… On sera du bétail comme nos pères, mais avec un cartable sur le dos.

Nous dépasserons nos aînés qui étaient des analphabètes, des mulets, nous saurons lire une feuille de service, déchiffrer un plan de travail : quel gain de temps. C'est cela, le bon plan de ceux qui nous ont fait venir enfants. Nous nous attellerons plus vite et mieux à la tâche, sans interprète. Ils le savent, tous ces basanés qui m'entourent chez monsieur Raffin. Ils ne se font pas d'autres plans…

Alors, à la sortie de l'école, on court vers nos baraques, on se précipite sur nos mères, déjà l'odeur de la cuisine aux épices emplit nos narines de saveurs anciennes, on en oublie la fadeur des plats de la cantine.

La voix de ma mère, son accent, c'est encore ma grand-mère. Je m'accroche à ses robes. On vit dans des baraques, mais chez nous tous les enfants parlent arabe, et ils y tiennent…

On ne durera pas longtemps, on le sait, et il n'y a pas d'issue de secours. Le retour au pays ? Mensonge du père. Ce qui s'élève autour de moi me le dit, hammam, coiffeur, épicier, boucher… personne n'a ouvert une boutique pour trois ans. On ne s'est pas endetté pour se rembourser en trois ans.

Ces ouvriers célibataires qui noient le mal du pays dans leurs canettes s'accrochent au courrier, rêvent d'un retour en costard et cravate, la valise pleine de cadeaux, les mocassins lustrés, et faute de s'être enrichis et d'ouvrir un commerce là-bas, font venir femmes et enfants. Le retour est un mythe. On ne s'enrichit pas, quand on est ouvrier on le reste toute sa vie. Certains le vivent comme une défaite, ont envoyé sans gaieté de cœur le mandat, leurs économies, à leur femme pour l'achat des billets de bateau. Ils avaient chanté qu'ils rentreraient riches.

Janique Aimée doit être amoureuse. Elle déambule aveuglément sur son Solex, de rue en rue, avec des yeux si lourds de larmes qu'ils menacent de tomber. Le regard rivé sur le poste de télé, je suis dans ce monde adulte, le bistrot du Berbère, entouré d'hommes qui se sont habitués à la présence de l'enfant que je suis. Quand j'arrive, ils devinent l'heure qu'il est. Le patron, gentiment, augmente le son. Il y a toujours à ce moment-là quelques clients qui tournent la tête pour me chercher, et j'ai toujours le sentiment de déranger. Halima sourit : elle sait à mon pas hésitant que je n'en mène pas large. Elle s'approche de moi.

— Tu sais qu'on apprend le français rien qu'en écoutant la télé ?

Elle pose ses mains sur le dossier de ma chaise.

— On apprend plus vite une langue en écoutant ceux qui la parlent qu'en lisant un livre.

Il y a tant de bruit autour de nous, le café qui mord dans le percolateur, la télé, les dominos qui claquent, un Tunisien qui pleure son village en chanson, que je me lève pour écouter Halima.

— J'ai été élève au lycée de Tlemcen, puis étudiante, et j'ai travaillé comme institutrice à Maghnia, à cinquante kilomètres.

Je n'en reviens pas. J'avoue que je ne pensais pas qu'Halima avait un bagage scolaire. Je la voyais comme une amazone futée, courageuse, une petite racaille qui ne se sert que de son agréable minois, de son corps pour faire face aux hommes et aux événements.

— Vous étiez maîtresse d'école ?

Elle pouffe.

— Maîtresse, oui, c'est là-bas que j'ai appris à l'être !

Je n'ai pas saisi, elle rit doublement.

— Pourquoi avez-vous arrêté ?

— À l'*istiklal* je n'ai plus eu, comme toi, la nationalité française, alors je ne pouvais plus enseigner… Tu sais que toi, tu es né français !

Elle pouffe de nouveau.

— Oui, je sais.

Elle a été institutrice, elle était de ceux qui nous éduquaient dans la langue du colon parce que notre langue, l'arabe, était barbare, tandis que la leur était la civilisation.

— Vous êtes venue ici parce que vous ne pouviez plus continuer votre métier ?

— Si tu étais plus grand je te raconterais les détails. J'allais me marier avec le directeur de l'école, mais à l'idée de perdre l'Algérie il est devenu fou. Lui qui était depuis le début du côté des musulmans, il a viré OAS, des grenades plein les poches.

Elle s'est allumé une Royale, ses épaules se sont baissées. Je la regardais toujours, elle savait que j'attendais la suite de son histoire. Les yeux lointains, elle a poursuivi :

— Après, on a dit autour de moi que j'aimais un OAS, donc que j'épousais ses idées… Il est mort d'une bombe qui lui a explosé dans les mains. Je me suis enfuie.

Il y a eu un long silence. J'avais faim mais je voulais rester là, avec elle, les yeux sur cette télé qu'on n'entendait plus. Dans ma tête, ça allait très vite, je mets toujours des images sur les nouveaux mots qui gambergent en moi. Je voyais Halima à Tlemcen, belle, fuyant seule dans son *haïk* blanc…

Quand elle a parlé, ce n'est pas à moi qu'elle s'adressait, mais à elle seule.

— Il y a des étudiants de Nanterre qui donnent des cours de rattrapage aux enfants des baraques, ça te dirait ?

J'ai vite dit oui, sans réfléchir, j'étais encore plongé dans les images d'elle attendant sur le quai le dernier train de l'ère française en direction d'Oran, où le dernier bateau pour Marseille l'emporterait jusqu'en France comme les colons et leurs enfants, en pleurs à l'idée de perdre ce bled. Sur le quai, pleurait-elle aussi ? Déguisée en musulmane, le *haïk* blanc jusqu'aux pieds, elle avait intérêt à se barrer, elle n'était plus qu'une *cahba* qui s'était fait dépuceler par un colon ! Avec cette marque sur le ventre, elle aurait fini moins que rien, alors qu'ici, même dans ce foutu rade, elle est vivante…

— Je vais te mettre en relation avec un de ces étudiants, il s'appelle Gwenn, il loue une chambre ici sur le même palier que moi.

Mon père va la trouver, la pépite ! C'est bien pour cela qu'il s'époumone dans l'odeur âcre du goudron brûlant, qu'il s'esquinte à creuser au plus profond. Il ne le dit pas, surtout pas à ma mère qui serait capable de se moquer de lui. Oui, il y croit quand il enfourche son Solex, son lourd bleu sur les épaules, ses bottes lacées, ses gants larges sur le guidon. Il y va tous les matins, par tous les temps, traversant la Seine sur le pont de Bezons. Il rejoint son terrain où il retrouve d'autres chercheurs d'or venus comme lui de pays lointains. Ici, on leur a dit : il y a une citadelle, comme toute cité riche, forte, elle est à conquérir ; au pied de cette forteresse, la sueur des hommes qui l'ont bâtie s'est polie avec le temps au contact des graviers et de la pierre ponce, elle est devenue pépite et le cœur de la pierre de granit est son refuge. Et un jour, mon père fracassera d'un coup de pioche une de ces pierres. Une grosse étincelle dorée jaillira du fond obscur de la tranchée. Une émotion trop forte et inattendue le fera vaciller, chanceler.

Il tombera sur les genoux, le nez sur la pierre brisée en deux. La pépite, découverte, rira aux éclats, scintillera, clignotera... Sans alerter ses collègues, il n'est pas fada mon père, il lâchera sa pioche, le souffle coupé, la main tremblante. Entre ses doigts aux ongles cassés, il saisira la pépite si fine, une goutte d'eau, la posera délicatement dans le creux calleux de sa paume.

Elle bouge, s'étire. On dirait une larme.

— La haine que tu as en toi, la violence aussi, ces graines dans les yeux comme des grenades que tu as envie de dégoupiller… il faut les utiliser à bon escient.

« Bon escient », je n'ai pas compris ce que ça voulait dire, mais il attend une réponse. Ses yeux insistent, son silence aussi. Alors je dis :

— Je ne suis pas violent, vous savez, et je n'ai pas la haine.

— Si, tu en as de trop, sinon tu partagerais tes jeux avec tes camarades, tu courrais, tu rirais avec eux… Pendant les recréations, tu tiens avec ton dos le pilier du préau et tu les regardes… Qu'est-ce que tu mijotes dans cette tête ?

Avec son index il toque sur mon front.

C'est la deuxième fois que monsieur Raffin me prend à part en rentrant de recréation. Il a laissé les autres entrer en classe et m'a gardé dans le couloir désert. Je suis comme sous le préau, le dos au mur. Les yeux baissés comme ça j'ai l'impression que je le porte, il me pèse d'un poids énorme. Et puis il m'angoisse avec ces mots, « haine », « violence »…

— Des enfants, des élèves, j'en ai vu passer et j'ai toujours su deviner ce qu'ils deviendraient… Toi, quand tu es adossé au pilier et que ton regard se perd dans le ciel, je me demande ce qu'il voit. J'aimerais que tu me le dises… Du noir ? Du bleu ?

Il attend. Je regarde le sol. Je ne sais plus. Heureusement, dans la classe un chahut éclate, un encrier se renverse, le maître me quitte et crie :

— Silence !

Il revient dans le couloir et me lance :

— Vaut mieux que ça te sorte par l'encre que par les yeux !

Puis nous rentrons.

Plus tard, à quatre heures et demie, tous les élèves sortent de classe et je reste sur ordre de notre maître. L'agacement me saisit.

— J'ai lu toutes les rédactions d'hier, il n'y a que la tienne et celle d'Albin qui méritent d'être appelées comme ça. Il y a de l'humour dans la tienne, ça me rassure, et puis il y a comme dans une histoire un début, un milieu et une fin. Tu auras une bonne note, mais moins bonne que celle d'Albin. Toi, on dirait que tu as peur de ce que tu penses, tu bâcles, tu ne vas pas au bout, tu oublies la moitié exprès.

Il me toque sur la joue avec le bout de ses doigts.

— Regarde-moi !

Je le fixe.

— Je vais te donner un petit carnet à spirales et un crayon. Tu noteras dessus tout ce qui te révolte, tu entends ?

Je secoue la tête.

— Tes colères, tes tristesses, et comment elles viennent en toi, te prennent la tête, d'accord ?

— Oui, monsieur.

Devant le cahier que monsieur Raffin m'a offert pour que j'écrive ce qui me chagrine ou me rend jouasse, j'ai dit :

— Je n'arrive toujours pas à rejoindre mes camarades de classe, ni à me mêler à leurs jeux pendant la pause. Je les regarde courir, sauter, se battre, rire... Quelque chose m'empêche d'aller à leur rencontre. C'est une chose qui rend lourd, triste. Il me faut faire un effort supplémentaire pour courir après un ballon.

Monsieur Raffin :

— Il faut que tu lises, que tu écrives.

— Que j'écrive quoi ?

— Ce qui est lourd à penser dans tes souvenirs.

— J'ai l'impression que tout ce que j'étais avant d'être en face de vous m'a quitté, n'avait plus sa place ici... Le nouveau en moi ne sait pas par quoi commencer pour se construire, et sentir en lui la vie.

J'aimerais aller tous les soirs à la douche municipale. Quand je le lui demande, ma mère me donne les sous. Elle ne peut pas me les avancer tous les jours, c'est un coût. Mon sac avec le change propre sur le dos, je vais à pied jusqu'au centre-ville pour économiser l'autobus. Dès que je pousse la lourde porte, une chaude vapeur mêlant des parfums de savon et de shampooing me pénètre. Je suis dans un film. Je m'assois sur le banc du couloir, l'eau coule à flots dans les cabines closes : des filets d'eau chaude, très chaude, jaillissent des paumes de douche piquées aux murs. Je l'imagine coulant sur mon visage levé vers elle, cette eau qui m'emplit la bouche…

— Jeune homme !

À chaque fois, la dame de la caisse me réveille. Elle est toujours à ramasser les sacs en plastique, les emballages de savonnettes, les serviettes que les clients laissent dans les cabines. Je lui tends mes deux pièces. Elle ne me propose plus ses petits berlingots de shampooing ni ses plates savonnettes de Marseille.

— Maman a mis dans mon sac tout ce qu'il me faut.

Elle sourit sans me regarder. Sa Gauloise verte fume dans un gros cendrier rouge Martini. Elle jette les serviettes mouillées dans un panier en osier. Elle est nue sous sa longue blouse blanche à traits verts. Elle marche sur des sandalettes en plastique à talons.

J'entre dans la cabine. Je crierais presque de joie. Je fais couler longuement l'eau sur le sol, je nettoie, je ne veux pas de l'odeur de celui qui m'a précédé. Puis, doucement, je m'assieds. C'est les jambes croisées que j'accueille les premiers jets d'eau… Je frissonne, mon corps tremble, je ris, je vais fermer les yeux, je vais rêver, longtemps. L'eau chaude dégoulinante, coulante, baignant tout mon corps… Je la laisse pénétrer ma première peau, elle arrache ce que ma mère appelle la couche de crasse, la poussière que la sueur a collée, je n'aurai plus qu'à l'essuyer avec le gant. Je suis bien.

— T'endors pas, mon gars ! dit la caissière en cognant du poing sur ma porte.

On se sent surveillé, on s'en fiche, on laisse couler. Le jet d'eau me caresse le dos, les jambes, je m'allonge sur le flanc, m'écrase sur le ventre… Le temps passe… Je ne me suis pas encore frotté à la pierre ponce que ma mère a ramenée du pays.

— Tu ne l'oublies pas !

— Non, maman, c'est celle que ta mère t'a offerte à ton mariage, je sais !

J'ai par deux fois passé mes cheveux et mon corps au savon, j'ai coupé mes ongles de pieds et de mains… L'eau chaude, sans que j'aie à la soulever dans un seau, sans que j'attende qu'elle frémisse sur le poêle, coule. Elle me caresse, me chatouille.

Je me prends pour un homme.

Gwenn est barbu, à mon avis plutôt par flemme que par style. Il porte les cheveux longs et frisés, il a vingt-cinq ou vingt-six ans, il est étudiant et il propose un atelier d'écriture aux enfants des baraques. Il nous attend, Baola, Fékir et moi, à côté de la Poste du quartier du Plateau, dans le haut de Nanterre. Après les présentations, il nous conduit à l'arrière de l'église, dans un local sombre et froid. On ne s'y sent pas à l'aise. Gwenn nous dit :

— La prochaine fois, j'essaierai d'avoir un autre local… je ne me suis pas foulé, le cureton d'ici, c'est le frère de ma mère !

Baola, Fékir et moi sommes presque du même âge, mais pas du même bidonville. Je ne leur demande pas d'où ils viennent, je m'en fiche, j'ai froid partout. Baola est gros et petit, Fékir est un poteau de corner, sans le drapeau. Je porte toujours un regard sur les autres comme si moi j'étais une flèche… « Oui, toi, toujours toi », dirait ma mère.

Il n'y a pourtant pas que moi qui gèle. Gwenn souffle dans ses mains, il essaie d'allumer une cigarette, le grattoir de la boîte est humide, le soufre rouge de l'allumette glisse. Baola pouffe sous son anorak lorsqu'il s'aperçoit que Gwenn fume des P4, ces cigarettes faites de déchets de tabac qui se vendent dix-huit centimes le paquet de quatre aux chômeurs, aux clodos et aux vieux de l'hospice de la maison de Nanterre. Gwenn les extrait de leur petit emballage et les met dans un paquet vide de Gitanes ou de Gauloises pour cacher sa misère.

— Tu verras ce que c'est un mao, m'a dit Halima en parlant de lui.

Elle a ri, puis m'a glissé un billet de cinq francs avec le portrait de Victor Hugo, je l'ai reconnu, pour le café et les cigarettes de Gwenn. Je les lui donne ; il paraît touché et dit juste merci. Les salamalecs ce n'est pas son genre.

— Il a l'air cloche mais c'est une tête, Gwenn, il n'a pas de chambre à la fac alors il partage un loyer avec les célibataires de l'hôtel, il dort comme eux sur une paillasse sans sommier.

Elle m'a dit aussi que les cours qu'il donnait étaient gratos… Mais qu'il raffole de makrouds, de chorba et de boulettes de kefta. Je l'ai dit à ma mère, qui m'a préparé une assiette de *mssemens* farcis aux poivrons et à la viande hachée et des makrouds enveloppés d'une serviette. Je les donne à Gwenn, il remercie de nouveau sans salamalecs.

Il commence par nous faire une dictée pour évaluer notre niveau. Il se lève de son tabouret en nous fixant, alors que nous sommes assis sur des chaises pliantes de jardin autour d'une table ronde de bistro, et il dit :

— Messieurs, on va se faire *La Marseillaise* !

J'entends parfois cet hymne entonné par une classe voisine de la nôtre à l'école. À chaque fois, monsieur Raffin hoche la tête de dépit.

— Écrivez ! Allons, enfants…

Nous voilà stylo à la main, tête baissée sur nos feuilles. À la fin il nous dit, avant de corriger nos fautes d'orthographe :

— Cet hymne est-il un appel à la guerre ou un chant révolutionnaire ?

Ce jeudi matin, dans le froid, le gris, l'odeur âcre des P4, je n'ai pas envie de causer. Je me tourne vers Baola, qui ne se gêne pas : il se lève avec les mains dans le dos, et répond :

— S'ils viennent jusque dans nos bras égorger nos fils, nos compagnes, c'est des envahisseurs, en plus on leur a rien fait… Comme en Angola, les Portugais nous ont envahis alors qu'on ne savait même pas qu'ils existaient. On leur avait rien fait !

Gwenn ne s'attendait pas à une telle réplique. Moi non plus. Il faut surtout voir avec quelle haine Baola s'est exprimé, elle clignotait dans ses yeux. Il se retrouve comme soulagé. Il ne veut pas se rasseoir, cherchant au fond de sa mémoire un détail, un fait, qu'il ne sait pas formuler.

— Tu es angolais ?

C'est tout ce que Gwenn trouve à dire pour briser le silence.

— Oui, dit Bao. Et puis…

— Et puis ? fait Gwenn.

— Après c'est la guerre, parce que pour virer les envahisseurs, il faut se révolter, ce que mon père a fait. Mais les colons, ils sont armés, ils sont plus nombreux, ils ont des camions, et ils se sont mis en tête que notre terre était à eux. Tout ce qui est riche chez nous en Angola, le pétrole, les mines et même le bois, ils veulent tout garder pour eux et l'envoyer au Portugal !

J'ai cru qu'il allait fondre en larmes, Bao, mais il tient, si bien qu'il reste debout. Dans cette position il continue sa lutte, il se bat là, dans ce débarras à la con, lui, le fils d'Angolais, contre ces salauds d'occupants de son pays. Il serre les poings dans son dos. Il parle encore, répète ce que son père a dit.

— Et ta famille ? lui demande Gwenn.

Ses questions, je les trouve niaises, creuses. Les blancs, c'est tous des colons qui débarquent avec leurs fusils, le soutien de leur armée, et chassent l'indigène qui vivait avec les siens au bord de la rivière vers la brousse ou le désert, pour lui prendre sa place. En s'octroyant la meilleure terre, le colon pousse l'autochtone à aller voir ailleurs. L'amertume me gagne, j'ai envie de fuir cette décharge où on aurait quand même pu nous préparer un feu. Baola dit :

— Mon père était dans la guérilla, il luttait pour notre liberté, mais les Portugais l'ont fait prisonnier. Ils ont voulu le forcer à travailler pour eux, à couper le bois en forêt… Il a refusé, c'est pas un trouillard, mon père. On a été longtemps sans nouvelles, ils l'avaient mis dans un cachot. Heureusement, un jour où ils l'avaient sorti pour un interrogatoire, il s'est évadé. Maman et moi, on l'a rejoint là où il se cachait, et on a fui.

Je devrais me taire, mais je demande à Baola où se trouve l'Angola. Je ne savais même pas que ce pays existait. Il se met en colère, et je réplique :

— Tu sais où est l'Algérie, toi ?

— Un peu, ouais ! Y a pas que la France et l'Algérie. Et nous, alors ? Vous les Algériens, parce que vous êtes plus nombreux que les autres, vous vous croyez supérieurs avec votre Ramadan, votre hammam, votre fête du mouton. Vous êtes installés ? Un jour il y aura beaucoup de noirs en Francc et on fera la fête. Vous verrez ce que c'est, la fête !

Le jeudi, il arrive aussi que ma mère m'envoie à La Garenne-Colombes, chez une vieille habillée tout en noir et au parfum écœurant de naphtaline, qui distribue des vêtements aux pauvres. J'ai honte à chaque fois que je m'y rends. Son appartement tout petit où tout me semble étroit est au quatrième étage d'un immeuble en briques rouges, dans une cité où vivent surtout des cheminots. Broca, un camarade de classe dont le père travaille sur les voies, y habite. Je l'ai vu un jeudi, heureusement de loin, en train d'offrir des bonbons à une fille sous un porche. Qu'il me surprenne allant mendier me fout les jetons, il le répéterait à toute la classe rien que pour le chiqué. Mais si ça se produit, je balancerai que lui offre des bonbons aux filles pour pouvoir les approcher.

Quand j'arrive sur le palier de la vieille il y a toujours des gens qui attendent leur tour. Même des Français… La porte s'ouvre, un couple de Gitans et leurs enfants sortent en saluant la vieille.

Ce qui me gêne, ce n'est pas la charité que je demande, c'est la pitié que je reçois. Sur cette attitude, ma mère est comme moi : la preuve, elle ne m'accompagne pas.

Quand la vieille me fait entrer, je ne dis rien, elle sait pourquoi je suis chez elle ; elle me toise en silence, puis se tourne vers des gros sacs de plastique noir entassés contre les murs. Elle n'a pas le temps de les mettre sur des porte-manteaux, il y en a trop.

— Je commence par ton père et ta maman, on attaque les enfants après…

Elle me tend un sac que je tiens ouvert, elle mettra dedans ce qu'il lui plaira. Sur le buffet, il y a des photos de sa famille, jeunes, vieux ; son mari est tout seul, dans un cadre à part.

— Je ne t'en donnerai pas beaucoup, il en faut pour tout le monde.

Elle regarde les tailles, se baisse, ramasse des habits, s'essouffle. Sur un autre buffet, il y a un grand cadre avec une autre photo ovale de son mari, jeune, faisant le fier, avec des collègues à lui, en bleu, sur une voie de chemin de fer. Elle me demande le sexe et l'âge de mes frères et sœurs, puis ajoute :

— Tu dis à ton père que votre mairie distribue des chaussures neuves l'hiver. Il faut y aller avec le livret de famille et une quittance de loyer pour l'adresse.

Elle baisse le tricot qui lui cachait la figure et dont elle essayait de deviner la taille pour me fixer. Je plie les vêtements qu'elle m'a donnés sans lever les yeux sur elle.

— Vu que vous n'aurez pas de quittance comme preuve que vous êtes là, allez-y en famille… De toute manière, vous êtes obligés d'y aller tous pour les essayer, ces putains de grolles !

Elle s'assoit au coin de la table, allume une Gitane filtre. Le cendrier en est plein.

— Cette année l'hiver est méchant… Ton père est en intempérie ?

— Oui.

— Ça doit lui faire tout bizarre de ne pas travailler sans arrêt maladie…

Elle rit un peu. Elle se redresse, approche ses bras de moi. Elle m'observe… Mes gestes sont maladroits, je froisse ce que j'enfouis dans le sac.

— Je vous confonds tous… Avant, j'avais même un calepin où je notais le nom de famille, l'âge, le bidonville… J'ai laissé tomber.

Je me tourne vers elle. Elle me sourit.

— Quelle vieille dinde je suis… Ce n'est pas toi qui m'as demandé des livres ?

— Si.

— Je t'ai confondu avec un autre garçon, je les lui ai donnés… Et tu sais quoi ?

— Non, madame.

— Il les a flanqués dans la bouche d'égout. J'en ai récupéré un qui dépassait sur le caniveau, le petit chenapan !

Elle me montre le livre sur la commode, à côté du bottin.

— Merci, madame.

Je vais le chercher sans dissimuler ma curiosité. Elle le remarque.

— Je t'en rapporterai d'autres…

— Merci.

Je prends le livre. Il a une couverture verte de la collection Hachette. Il est passé entre quelques mains, mais il a résisté. *Robinson Crusoé.*

— Il te plaît ?

— Oui, madame.

Je ne sais pas si je serre le livre dans mes mains ou si je le caresse.

J'ai retrouvé Simone Haziza. Elle était dans la même école que moi en Algérie. Assise pareil que quand je la voyais là-bas dans la cour des filles, les mains plates sur les genoux et un regard neutre sur les autres qui jouaient sans elle dans la cour. C'est d'ailleurs ça qui m'avait poussé vers elle, je voulais saisir ce qui la séparait de ses camarades.

Un jeudi après-midi, à Maghnia, j'avais profité de la première fois qu'elle venait à la séance de cinéma que notre directeur d'école nous offrait dans la salle de la cantine pour lui parler. J'aimais m'asseoir sous le projecteur pour entendre le bruit de la machine.

Quand elle était passée près de moi, je m'étais écarté et lui avais proposé de s'asseoir à côté. Elle ne s'était pas fait prier. Elle m'intriguait. Déjà à son âge, elle marchait l'échine courbée afin qu'on ne la voie qu'à moitié. Elle rasait les murs, se faufilait entre les élèves. Elle aurait voulu être transparente.

— C'est la première fois que tu viens à la projection ?

— Aujourd'hui c'est pas Sabbat, alors je viens.

— C'est quoi ?

— Le jour où il ne faut pas se distraire.

Déjà qu'elle avait une mine olivâtre et les yeux plongés à l'arrière, comme si un passé pas gai n'avait pas fini de lui prendre la tête, elle se défendait en plus de l'oublier. Ça, je le voyais !

— Tu sens bon.

— C'est la lavande.

Elle a souri. Pour l'embêter, je lui ai dit :

— Sans forcer, en plus.

— Sans forcer quoi ?

— Tu as souri sans te forcer, c'est la première fois que je vois de la lumière dans tes yeux.

— Parce que tu m'as parlé de ce que j'aime bien… La lavande, on la reçoit de France, pure, un litre d'huile. Mon père la mélange avec de l'alcool pour son après-rasage. On en met dans le savon pour le bain, dans mon shampooing…

— Et alors comme ça, un jour par semaine, vous n'avez pas le droit de rigoler ?

— Je ne t'explique pas, tu ne pigeras pas ! Le directeur, il a tout compris, il ne fait des projections que le jour du Sabbat, comme ça les élèves juifs ne viennent pas.

— Vos parents ne râlent pas ?

— Ils s'en fichent.

Dans ce grand réfectoire, les plus culottés des élèves, âgés de six à treize ans, étaient assis sur les tables, les moins zélés en dessous, sur les bancs, et les timides ou les faibles, comme Simone et moi, on était jambes croisées par terre.

D'un coup elle s'était redressée, m'avait fixé et avait dit d'un ton haut :

— Alors la lumière ne brille pas dans mes yeux ?

Je l'avais fixée aussi. Silence. Elle attendait une réponse.

— Là, si, parce que tu es en pétard !

— Et quand je suis calme ?

— Tu es comme les vieilles de chez vous quand elles suivent un enterrement juif.

— C'est normal !

Cette réponse semblait la satisfaire. Elle m'avait jeté :

— Chez vous, aux enterrements, les femmes se flagellent les cuisses avec les mains jusqu'à en avoir des bleus !

— C'est juste pour l'enterrement. Après, elles ont hâte d'aller se goinfrer à la table du défunt.

Simone avait des cheveux longs, noirs, qui tombaient en rideau épais sur ses maigres épaules. Elle portait une robe bleu marine à pois blancs, de petites chaussures à boucles violettes.

— Quel genre de films il vous projette ?

— Des films comiques, Charlot, Laurel et Hardy, et des documentaires sur des pays ; la dernière fois, c'était sur la Chine.

— Ça t'a donné envie d'y aller ?

— Non... Ou plutôt, je n'y ai pas pensé.

— Tu ne penses pas à voyager, plus tard ?

— Je ne sais pas. Toi, tu es venue de France ?

— Non, je suis née ici. Ma famille a fui les Allemands.

— Les Allemands ?

— Oui, pendant la guerre, on s'est sauvés de la France parce qu'ils nous ont roulés.

— Tu es déjà allée en France ?

— Non, d'abord parce qu'on n'a plus personne à visiter à cause des camps de la mort, et ensuite parce que comme les Français ne les ont pas aidés à s'enfuir, je ne veux plus voir cette race-là !

— Je ne comprends pas tout ce que tu dis.

— Je n'ai pas envie de t'expliquer non plus.

— C'est quoi, les camps de la mort ?

— C'est pas encore dans les livres d'école, peut-être qu'un jour ça y sera.

Puis la lumière s'était éteinte dans le réfectoire, la séance avait commencé. Il n'y avait pas besoin, à ce moment-là, de demander le silence : il se faisait tout seul, c'était magique. Tous les yeux, comme un seul, étaient rivés sur l'écran qui venait de s'allumer. Tous les élèves étaient bouche bée. Nous, enfants d'indigènes, on découvrait le cinéma.

Le générique était apparu sur l'écran, puis le titre du film documentaire : « L'Allemagne ». Simone s'était levée et s'en était allée.

Elle est là Simone, trois ans plus tard, assise sur la dernière marche menant au palier du troisième étage du bâtiment où réside la vieille dame qui donne des vêtements aux pauvres. Comme à Maghnia, à l'école primaire, elle a la tête baissée, les mains sur les genoux. Elle ne m'a pas vu gravir les marches ni, heureusement, la tête que j'ai faite, le regard que j'ai eu, la douleur qui m'a serré au corps. Je ne voulais pas qu'elle me voie là, je ne voulais pas non plus qu'elle sache que je l'avais vue, pour ne pas qu'elle éprouve le sentiment mêlé de nostalgie qui lancinait dans ma tête et me brûlait les yeux. Avant de redescendre l'escalier sur la pointe des pieds, quelques marches en dessous, les yeux derrière les barreaux de la rampe, j'ai attendu qu'elle lève le front, je voulais voir ses yeux noirs, ce qu'ils étaient devenus depuis, ce qu'ils racontaient ; j'ai attendu puis, lentement, accompagnant de la tête les Arabes qui sortaient de chez la vieille, elle a levé son doux visage. J'ai reconnu son regard profond, ses yeux noirs. J'ai souri en pensant que ses yeux et les miens avaient vu des choses que nous étions les seuls à trimbaler, ce matin-là à La Garenne-Colombes. Je suis redescendu. Je n'avais pas envie de lui parler.

Après chaque cours de soutien scolaire avec Gwenn dans la remise de l'église du Plateau, Baola, Fékir et moi dévions de notre chemin qui mène vers la gare de Nanterre pour aller au cinéma de la Boule.

Cette fois, rien qu'en voyant la façade du bâtiment, notre envie de rêver s'estompe : c'est un film en noir et blanc, ce mur traversé de rides et de grimaces… Fékir regarde les photos derrière la vitrine.

— C'est portugais ou italien !

Baola se tourne vers lui :

— À quoi tu vois que c'est portos ?

— Ils tirent tous la gueule !

— Non, ils chialent des coups que Salazar leur met dans la tronche.

Baola rigole, Fékir et moi on ne comprend pas.

Les deux se disent des choses qui souvent m'échappent. Ils ont deux ans de plus que moi, c'est l'année de leur certificat d'études.

Je n'ai jamais parlé de Gwenn à monsieur Raffin. Un jour que celui-ci me remet une très bonne note pour un devoir de grammaire, il se penche vers moi et murmure :

— Qui t'a aidé pour décrocher ce dix-huit ?

— Personne, monsieur.

Sur son visage une moue se dessine, qui lui donne l'air de répondre « Mon cul, oui ! », mais il n'ose pas. Il distribue d'autres copies puis revient vers moi :

— J'espère que tu n'as pas dans tes fréquentations de ces jeunes révolutionnaires peigne-culs qui viennent vous gonfler le mou dans vos baraques ?

Je secoue la tête. Serait-il jaloux ? Dans le dictionnaire de ma tête, j'ajoute le mot « peigne-cul ». Plein de mots y sont répertoriés, je me jetterai sur leurs définitions quand j'aurai un dictionnaire.

En revanche, d'un point de vue amical, Gwenn est un lâcheur. Un jour où nous étions censés le retrouver au local, quelques heures avant le rendez-vous, Baola, Fékir et moi l'apercevons qui saute du train alors que nous sortons du souterrain de la gare de Nanterre. On l'attend pour faire la route avec lui. En passant devant Monoprix, il s'extasie sur une guitare exposée dans la vitrine du magasin.

— Ça c'est un bon instrument, espagnol, peut-être même andalou !

On le regarde tous les trois. Je ne lui trouve rien d'impressionnant.

— Elle est un peu chère…

Il repart, Baola et moi le suivons, Fékir reste planté devant la vitrine. Gwenn nous dit :

— Aujourd'hui, on va travailler sur Rosa Parks. Ça vous dit quelque chose ?

— Non.

— C'est une femme noire américaine, domestique dans une famille blanche des États-Unis. Un soir, elle sort crevée de son boulot, elle prend l'autobus pour rentrer chez elle. Sauf que les places assises sont réservées aux blancs…

Je tends l'oreille, ça m'intéresse. Gwenn continue :

— Un homme blanc monte dans le bus, il veut s'asseoir, il ne dérange pas les jeunes blancs, il va directement vers elle et il réclame sa place au nom de sa couleur. Elle n'est pas surprise, Rosa, ni troublée. Elle les connaît, ces gens minables, elle se les farcit toute la journée dans leurs belles maisons. Et vous savez quoi ?

On le regarde. D'un coup ses yeux s'illuminent, se remplissent de joie.

— Pour la première fois aux États-Unis d'Amérique, une noire a dit à un blanc… Non !

Gwenn hurle trois fois ce « non ». Trois fois, les passants se retournent.

— Vous vous rendez compte, les gars ? C'étaient les champs de coton, on sortait à peine de l'esclavage, du racisme, de l'apartheid. Elle a des couilles cette gonzesse, et une bonne paire !

J'aime bien le « non » de cette femme, il m'enlève de l'amertume.

C'est à ce moment-là qu'on entend Fékir :

— Eh, les gars, attendez-moi !

On se retourne et je m'écrie :

— Oh ! le con !

Il brandit la guitare espagnole qu'il vient de piquer à Monoprix, en cadeau pour Gwenn. La tête de ce dernier ! Il crie à Fékir :

— Ramène ça où tu l'as pris !

Il reconduit Fékir vers le Monop. Baola, renfrogné, lâche :

— Il est pas dans sa tête celui-là, il est dehors ! La guitare, on l'aurait revendue. Si lui il en veut pas, on aurait pu acheter les livres qu'il nous dit de lire…

Après avoir rendu la guitare, nous nous sommes retrouvés dans le local sordide de l'église. Gwenn semblait s'être remis de sa colère. Nous nous sommes assis face à lui et avons ouvert nos cahiers. Mais il a dit :

— Non, aujourd'hui vous n'allez rien écrire. On va plutôt revenir à ce que je vous disais dans la rue en venant ici.

Il s'est tourné vers Fékir :

— Toi, tu n'étais pas avec nous, tu étais trop occupé à te demander comment tirer la guitare de la vitrine !

Fékir, honteux, a baissé le front. Baola a ri. J'ai posé devant Gwenn les makrouds que ma mère lui avait faits et les trois Gauloises que j'avais piquées à mon père. Il m'a remercié sans oser faire de commentaire sur les cigarettes, sachant bien d'où elles venaient.

— C'est par la langue, le langage que vous vaincrez. La parole, quoi !

Il s'est vite excité, il voulait nous convaincre. Il m'a fixé si brutalement que j'ai eu l'impression que ses yeux me transperçaient la tête.

— La voix est la plus digne des armes, la plus sûre pour se défendre. Prendre la parole c'est être identifié, s'identifier, être, exister, ok les gars ?

J'ai approuvé du front. Il a continué, comme en transe. Il serrait les poings. Baola semblait hypnotisé.

— La rage. Il faut la maîtriser un max ! L'écrit, c'est les notables, la voix, c'est la rue ! Et ne soyez jamais comme vos pères qui n'en finissent pas de se taire, de subir.

— Mon père n'est pas comme ça ! dit fièrement Baola.

— Bravo à lui ! fait Gwenn.

Il se tourne vers Fékir et lui demande :

— Quel est le premier mot qu'il faut savoir par cœur et répéter ?

Fékir nous regarde ; on connaît la réponse, Gwenn nous l'a dit dans la rue. Il se penche vers Fékir et ajoute :

— Un mot que vos pères s'interdisent de prononcer ?

Fékir ne sait pas. Ou alors il s'en fout… Et dans ce local pourri où flotte une lourde odeur, où on se les gèle, je me lève sans me mettre au garde-à-vous, je gonfle ma poitrine. Gwenn en parlant de nos pères m'a mis la haine, gonflé à bloc, je sens que je vais exploser, éclater en sanglots. Moi, je n'ai pas peur de ce mot, je l'ai qui se forme au fond de ma gorge. Poussé par l'énergie qui monte de mes entrailles, il veut sortir, s'évader, être libre dans l'air, j'ai des tics nerveux au visage, j'ai les nerfs, je me lâche, je hurle :

— Non !

En sortant, Baola et Fékir se prennent la tête jusqu'à se menacer du poing. On vient tous les trois de se séparer, à la gare de Nanterre, de Gwenn qui a couru après son train pour Paris. On est descendu du quartier du Plateau par la grande avenue qui aboutit sur la place de la Boule. J'ai le dos tourné, les yeux rivés à la grande affiche au-dessus du cinéma, quand j'entends Baola dire à Fékir :

— J'ai pas compris là, répète ?

Je me tourne vers eux. Fékir a sur son visage un sourire moqueur, hautain. Il dit à Bao :

— Tu encaisses tout de traviole, Bao. Je te disais juste que vous avez pas eu de pot, vous, les Angolais. Dire que c'est les Portos qui vous ont colonisés, c'est des *tnouhs* !

Tnouh, c'est pire qu'idiot. Baola met son front sous le menton de Fékir :

— Tu veux dire quoi, là ?

Fékir n'en mène pas large, mais il a le culot de répondre :

— Je veux dire que ça serait quand même mieux si on pouvait choisir son colon. Je sais pas, moi, c'est mieux si le gros con de colon vient du pays de Victor Hugo et de La Fontaine plutôt qu'un carreleur ou un maçon, tu vois ? Au moins…

— Au moins quoi ?

— Au moins, on se sent valorisé !

— Tu veux dire qu'on a le colon qu'on mérite, c'est ça ?

Fékir n'a pas répondu.

Ma mère aimerait bien aller rendre visite à nos cousins éparpillés dans d'autres bidonvilles mais elle n'ose pas, elle ne se voit pas marcher dans la rue sous son *haïk* blanc enveloppant son corps, ni sans voile sur la tête. Mon père l'encourage, lui conseille de garder son foulard si elle veut, de mettre un manteau à la place du *haïk* et de porter un sac à main… Elle a tout essayé devant nous : le foulard à fleurs sur le crâne, le manteau beige arrivant en dessous des genoux, les chaussures marron. Et elle a tourné en rond dans la baraque. Ma sœur Noria rit, mes frères se moquent d'elle. C'est le sac à main, elle ne sait pas comment le porter…

— Je n'ai que le porte-monnaie et mon mouchoir, je n'ai pas besoin de sac.

— Si, il t'en faut un !

— Ne crie pas ! dit ma mère.

— Et en plus il m'a coûté cher.

J'étais avec mon père au marché d'Argenteuil quand il a acheté le sac, le manteau, le foulard et les chaussures, d'occase chez un fripier berbère. Maman n'a rien choisi. Le vendeur nous a donné un sac en plastique percé et chiffonné. On avait les bras chargés et je me demandais qui allait porter la poule vivante qu'on n'avait pas encore achetée. On a rencontré des cousins, des célibataires, venus si tôt en France que je ne me souvenais pas d'eux au bled.

Ils m'ont fixé avec nostalgie, comme s'ils voyaient un de leurs enfants laissés là-bas, au pays.

— Tu les as inscrits à l'école ?

Mon père a acquiescé, tout fier : tous ses enfants étaient à l'école des Pâquerettes et rentraient avec des livres et des cahiers ; et tout ça, il fallait l'acheter. Les célibataires parlaient à regret de logement, de dettes à faire pour payer le voyage de la famille…

Plus tard dans l'autobus, la poule caquetait, les Français cherchaient des yeux le sac où elle se trouvait, la honte, *el hachma* ! C'est moi qui portais le sac où j'avais enfoui la pauvre bête sous les légumes. Elle voulait respirer, voir le jour, elle criait à l'aide… J'avais les yeux au plafond ou sur la route, mine de rien, je trouvais le temps long, et les caquètements en filaient un coup à ma joie d'être avec mon père.

Car à moi, mon père a manqué. Je suis né entouré de femmes, celles qui avaient contribué à ma naissance et celles que les hommes de notre tribu ont fait venir pour les épouser. Dans ce hameau qui porte notre nom, les hommes jeunes sont au maquis ou à Nanterre.

À ma naissance, ma mère m'a serré très fort contre elle, j'étais bien mais je ne versais que d'un côté, toujours le même. De l'autre côté, il n'y avait personne, le vide, pas de père, pas de repère, pas de voix imposante, rassurante, que l'accent aigu et suave des femmes. Je devenais bancal.

À l'âge de marcher, je rampais encore sur les fesses, j'avais toujours les mains sales. Les femmes de la cour du hameau riaient de moi et de ma mère, lui reprochant de m'avoir trop porté.

Lorsque les soldats français ont envahi notre *dachra*, le hameau, à la recherche d'un *moudjahid* et qu'ils tiraient sur tout ce qui bougeait, à commencer par nos chiens, vociférant, insultant, mes frères et moi nous abritions dans la robe de notre mère, qui nous serrait et avait encore plus peur que nous. J'enviais les enfants qui avaient un père. C'est surtout la nuit que j'avais peur, quand les soldats couraient sur les toits et tiraient, criaient en essayant de surprendre un de nôtres venu du maquis se soulager sur le ventre de sa femme. Puis ils nous sortaient de nos gourbis à la torche électrique et nous alignaient contre un mur.

C'étaient les soldats saouls les plus effrayants. Leur visage était rouge, comme leurs yeux, et ils suaient. Ils trébuchaient sur les cailloux et approchaient leur haleine du nez des femmes, qui se détournaient. On craignait, lorsqu'ils arrachaient les foulards des femmes, des filles, qu'ils ne nous en prennent une. Toutes tremblaient… Ils nous en avaient pris deux déjà depuis le début de la guerre, une adolescente qui au bout de trois jours de viol était revenue folle ; l'autre, plus tard, qu'ils avaient mise au fond d'un camion vert-de-gris sous les supplications terribles de ses sœurs, frères, parents et de nous tous, et qui n'était jamais revenue. Son père était allé dans leur caserne, leur demander où ils l'avaient enterrée.

Et l'odeur de leur bière, les canettes qui s'entrechoquaient au cul de leurs véhicules, sont encore maintenant dans ma tête, comme le crissement de leurs bottes et ce mot : *Fellagha ! Fellagha !* qu'ils prononçaient dans chaque phrase comme un cauchemar tournant en boucle sous leurs casques… Le rire de ces soldats me revient parfois comme un écho.

Parfois, beaucoup d'hommes, de femmes, d'enfants arabes et moi, nous étions gardés en otages au milieu de la place du village par les militaires français, encerclés, fouillés, bousculés, eux cherchant des armes ou un *moudjahid* sous les capuches des *burnous*, moi raide de peur, fermant les yeux quand leurs mitraillettes me frôlaient sous le soleil écrasant comme une plaque de plomb, sur le crâne, sur les épaules. Immobile… Avec la soif, la fatigue.

Un ciel de canicule est sans couleur, sa transparence se confond avec la pâleur du soleil, c'est une bave qui dégouline en sueur dans mon cou qui me gratte. Je n'osais m'essuyer, faire un mouvement qui aurait trahi ma présence… J'étais content d'être petit au milieu de ces grandes ombres en *djellaba*, tout geste était lourd, toute pensée vaine, il fallait attendre là, attendre la fin des cris de celui qu'ils tabassaient, de l'autre qu'ils traînaient sur le dos jusqu'au camion, au bout de l'après-midi on en serait à souhaiter qu'ils serrent le lascar en haillons qu'ils étaient en train de chercher…

Bouge pas, sinon c'est un coup de crosse de fusil qui te fracasse l'épaule, et puis enlève-moi cette *chéchia* de merde, et toi cette capuche qui pue, t'as pas chaud là-dedans ? Tu piges pas le français ; on va vous l'apprendre ! ils cognaient, criaient, heurtaient, fouillaient.

Les gens levaient la tête pour voir si le cadavre était tête nue, lui cherchant une identité, s'inquiétant de savoir si c'était un frère, un père… Moi j'avais trop peur, je ne bronchais pas. Ils criaient tous mais je m'en fichais, je m'accrochais à l'affiche du film collée au panneau entre deux arbres, à l'entrée du pont. Elle annonçait le film de la semaine prochaine dans notre cinéma : *Le Voyage de Sinbad.* Je n'entendais plus rien. Sinbad avait un bandeau blanc sur le front, il allait bondir pour sauver une belle femme qui tendait les bras vers lui…

« Rachitique ! » Ce mot crié m'avait ramené au milieu de la place du village, des miens en otages, des soldats français. Ils nous libéraient, nous pouvions regagner nos gourbis. Un militaire m'avait tenu par l'épaule, dirigé vers d'autres enfants, rachitiques comme moi. On nous avait mis à l'écart pour nous emmener au commissariat où se trouvait une infirmerie. Ils nous plantaient de grosses seringues dans l'épaule, qui devenait lourde de douleur pendant trois jours, impossible de jouer et de courir. Les enfants rachitiques, comme ils disaient, ne se regardaient pas en faisant la queue devant le médecin de l'armée, leur ressemblance les choquait. On avait droit à un verre de lait au goût salé. Je l'avais bu dehors. Je m'en voulais de m'être fait attraper… La piqûre faisait mal.

C'est là que mon père me manquait le plus, dans cette angoisse affreuse de cris et de larmes, de haine, de violence. Comme devant les gras et gros éclats de rire des soldats lorsque l'un d'eux ôtait violemment le foulard qui cachait les yeux de ma mère et découvrait son visage éclaboussé de boue. Elle s'était salie elle-même pour s'enlaidir, pour ne pas qu'ils l'emmènent avec eux, ils riaient, elle en rajoutait, ma si belle mère, se donnait un air idiot et se tenait de travers… Ils riaient, riaient.

Papa, tu es où ?

Il était là, ici, dans ce bidonville de Nanterre. On ne le lui dira jamais. Sa vie est assez dure comme ça, on ne va pas ajouter un fardeau sur son marteau-piqueur. Oui, mon père était dans une baraque du bidonville des Pâquerettes.

Il a d'abord habité avec d'autres ouvriers célibataires dans une baraque du Sept, entre La Garenne et la gare de la Folie. Ils étaient six hommes dans une pièce avec des lits superposés, un rideau dans un coin qu'ils tiraient pour leur toilette, de l'eau qui chauffait sur un vieux poêle à charbon dans un seau en métal gris et une petite table bringuebalante où on pouvait manger à deux. Ils fumaient beaucoup, s'empêchaient de boire pour tromper le mal du pays. Sauf le samedi.

Tous les soirs, ils passaient au café du Kabyle pour voir le courrier. Chacun attendait une lettre, la raison d'être là, la confirmation que le mandat envoyé avait fait des heureux, qu'il servait à quelque chose et qu'il pourrait sans trop culpabiliser s'envoyer une canette ou deux… Puis, s'il osait, mais c'est plus difficile de s'en convaincre, s'accorder une passe le dimanche dans le bordel de la rue de la Charbonnière.

Mais il y a la religion, la pudeur, la honte, le prix de la passe. Tout ça s'entrechoque. Putain de misère sexuelle ! Putain de misère tout court.

Quand les militaires français sillonnaient Maghnia en camion à la recherche d'enfants mal nourris pour les piquer, je courais plus vite qu'eux et je les semais dans les ruelles. Les *burnous*, les *djellabas*, les voiles s'éparpillaient, la place du village se vidait. Les Jeep poussiéreuses et ronflantes démarraient, suivies des 4×4 et des camions remplis de soldats assis avec leur arme sur les genoux.

« Rachitique » ! Je n'aimais pas quand le soldat français qui m'avait repéré dans une rue criait ce mot depuis sa Jeep ! Tout le monde se tournait vers moi pour voir quelle tête avait le rachitique qu'on enverrait au médecin militaire soigner sa faim.

— Maman, tu connais Mbalia ?

— J'en ai entendu parler, mais nous n'y sommes jamais allés.

— C'est par où ?

— Qu'est-ce que j'en sais moi, pourquoi tu me demandes ça ?

C'est comme ça. Les gens qui alimentent en eux la grande tristesse détestent qu'on les en sorte, c'est leur univers et gare si on les dérange. Maman est comme ça.

— J'ai vu un harki qui m'a dit qu'il était de là-bas.

— Un harki vivant après notre *istiklal*, où t'as vu ça, toi ?

— Dans un local derrière la police, j'ai entendu des voix alors j'ai poussé la porte au cas où il y aurait quelqu'un dedans qui m'achèterait le journal.

— Il avait le nez coupé ?

— Non.

— Alors il est mort… Ceux à qui ils coupent le bout du nez, ils les lâchent pour les faire expier dans la nature, mais ils disparaissent. Il t'a dit son nom ?

— El Haddoui.

Nous étions assis par terre, à l'ombre du mur, dans la cour de notre maison. Maman a cessé de balancer l'outre de lait qu'elle était en train de réduire en *leben* sur le *kanoun*, puis a dit :

— Je croise une El Haddoui au hammam, c'est peut-être sa femme, à ce harki. Une femme tout en joie… elle a même des dents en or.

— Si tu la revois, tu lui dis.

— Je lui dis quoi ?

— Que son mari m'a parlé.

— Qu'est-ce qu'elle en a à foutre que son homme t'ait causé ? Puis tu me vois adresser la parole à une femme qui a choisi un harki, après ce qu'ils ont fait aux miens ?

Les gens malades de la tristesse croient toujours qu'on les agresse. Ma mère s'énerve vite. Mais cette histoire me rongeait, j'ai continué :

— Tu sais, mma, je crois que cet homme m'a dit son nom pour que j'aille voir les siens, leur dire que je l'ai vu avant qu'il se fasse exécuter…

— Qu'est-ce que ça va nous rapporter ?

— Rien mma, mais lui ça l'apaise peut-être que sa famille sache qu'il est mort, comme ça chez lui plus personne ne le cherche, ne l'attend !

— Quand je te demande de me passer la poche de safran, tu me tends celle du *hanout*.

Elle s'est agacée et a ajouté :

— *Ya ouildi*, mon fils, comment veux-tu savoir, où est-ce que tu vas chercher tout ça ?

— Je crois que c'est ce qu'il voulait me faire comprendre en me disant son nom…

Maman a cessé de balancer l'outre en peau de chèvre suspendue au tréteau de bois au-dessus du *kanoun*. Elle s'est massé le bras. C'était le *mguil*, entre la fin du matin et le début du soir. Tout ce temps, on est dans une boule de feu, le soleil règne, il veut qu'on ne pense qu'à lui ; il s'écrase sur la terre, sur les êtres. Le temps s'arrête, la vie aussi. Au loin, on distingue le bruit d'un moteur qui rend le silence encore plus angoissant. On se sent inutile, personne ne peut lutter, beaucoup s'étalent dans la sieste.

Ma mère et moi étions collés au mur, à l'ombre, si on en avait eu encore la force, on aurait aplati de rage, d'un coup de claquette, cette putain de mouche qui bourdonnait au-dessus de nos têtes. Ma mère s'est tournée péniblement vers moi.

— Qu'a-t-on besoin du *kanoun* pour chauffer l'outre ? On gaspille du charbon, il n'y a qu'à la mettre au soleil.

Elle a pouffé.

Je l'observais. Elle a posé lentement son crâne contre le mur. Elle a fermé les yeux, je la voyais de profil. Ce n'est pas rien d'avoir une maman aussi belle.

— *N'goulec*, tu veux que je te dise ?

— Quoi ?

— Quand tu es sorti de mon ventre, ton père était loin. Tu l'as senti, il t'a manqué, sa voix rauque, la voix du père pour t'accueillir. Et depuis, tu t'es mis dans le crâne que tu étais orphelin de père.

Elle s'est tournée vers moi, agacée :

— Et tu veux te faire tout seul. Alors c'est « moi je pense », « moi je crois », « moi » par-ci, « moi » par-là… Tu me casses la tête. Ton harki, il peut mourir, sa femme peut le chercher toute sa vie, je m'en fous ! Mes enfants ont faim, moi j'ai faim. Tu entends ?

Je n'aime pas écrire à l'encre noire, mais l'épicier n'a plus de cartouches bleues. Puis mes mains tremblent, ça cahote dans ma tête, ça s'entrechoque, des yeux, des mots, des lieux, j'attends que tout ça se recolle, j'écris quand même. Les tremblements viennent de l'intérieur et s'arrêtent au bout des doigts. Le stylo n'a plus de prise, il devient ivre, vacille. J'essaie de garder le cap, il me faut un point de repère… J'attends.

C'est comme ça depuis petit. Il n'avait qu'à être là avant, mon père, il y a longtemps, ils ne seraient pas nés, ces tremblements, à leur signal je me serais blotti dans ses bras… Mais ils me prennent en otage quand des choses pénibles me reviennent et assaillent ma mémoire. C'est une coulée brûlante qui s'insinue dans mon corps, me parcourt les veines, me fragilise au point que le stylo trébuche.

Je ne sais pas comment c'est venu dans la classe mais c'est arrivé d'un coup. Aucun élève ne levait le doigt pour répondre à une question de monsieur Raffin, aucun ne se levait non plus pour aller au tableau. Nous le regardions dans les yeux, il nous fixait aussi quand, sorti de sa colère de s'adresser à un mur, il est redevenu silencieux.

L'ambiance était lourde. Ces périodes muettes, notre maître les craignait, on redevenait les gamins à problèmes de la classe de rattrapage. Las de se sentir seul, il a fini par nous dire :

— Vous êtes sur cette Terre pour faire jaillir de vous et autour de vous le merveilleux de la vie, parce que la vie est belle… Et si elle est merveilleuse, c'est que vous l'êtes aussi. Vous avez devant vous toute la vie pour révéler le merveilleux qu'il y a en vous. Il n'y a que ça de vrai, de réel dans la vie, je ne vois pas d'autre but. C'est un sens unique.

Comme convenu avec mon maître, tous les samedis midi, je lui fais lire ce que j'ai noté dans le calepin qu'il m'a offert. Pendant qu'il lit en marchant entre les tables de la classe, je ne sais évidemment pas où me mettre. Quand il a fini, il va à son placard et, sans gêne, se verse un verre de vin blanc.

— Tu dis « je » tout le temps et partout.

Il me fixe.

— Il est muet ?

— Non.

— Alors… En revanche, on comprend ce que tu écris, c'est un bon début. Jamais de « cependant » ou d'autres adverbes de ce style, ne peins pas avec le pinceau des autres, n'ajoute rien qui ne soit de ton parler à toi pour le moment… Ça s'est passé quand, ça ?

— Avant-hier soir.

— Où ?

— Sur le chantier entre le bidonville de la Folie et le pont du chemin de fer.

Il pose ses fesses sur le coin d'une table, allonge ses jambes, s'allume une maïs et me lit :

— Ma mère m'envoie chez le boucher, avec dans la poche les deux francs cinquante pour payer la viande. Je ne me presse pas, signe que je boude, parce qu'elle n'a rien ajouté pour acheter un Malabar ni même un Carambar à cinq centimes. Je suis en train de me donner du courage pour dire au boucher que j'ai perdu dix centimes en chemin. Une pièce comme ça est tellement petite qu'elle file facilement entre les doigts, il me croira.

Monsieur Raffin s'arrête, me fixe. Il pose la main sur le bord de la table, ôte ses lunettes blanches dont il essuie les verres avec un large mouchoir à carreaux bleus. Il me sourit, je ne sais pas ce qu'il pense. Avec le mouchoir, il s'essuie les yeux, il a souvent les cils humides.

— Ça se tient, avec des expressions simples, et surtout on a envie de savoir la suite !

Il continue de lire :

— Pour éviter d'arriver au bidonville par les baraques des familles portugaises, qui caillassent et insultent les Arabes qui s'approchent, j'ai coupé par le chantier en me faufilant entre les cabanes Algéco. Au coin de l'une d'elles, j'ai entendu une voix d'homme qui disait en arabe : « Tu le touches, je t'explose la tête avec ce caillou. »

J'ai eu peur. Il y avait trois hommes derrière une cabane, je me suis trouvé derrière eux. Le premier tenait un couteau à cran d'arrêt sous la gorge du deuxième qui reculait, bras ballants, la tête relevée pour se dégager. Le troisième, à deux pas, visait avec une grosse pierre aiguisée celui qui tenait le couteau. Ils étaient tout près l'un de l'autre. Il n'y avait pas un cri, pas un mot, chacun tenait la vie de l'autre au bout de son bras.

J'étais en colère contre eux. En plus de leur misère, ils s'en rajoutent… J'ai couru, je ne voulais pas voir si le couteau allait trancher la gorge ou si le caillou éclaterait la tête de l'autre, mon corps s'est mis à me faire mal, les pensées donnent des douleurs, le souvenir d'autres peurs, d'autres haines, d'autres violences, vues ou vécues… J'ai couru vite, très vite, pour tout abandonner, je suis entré chez le boucher comme si je cherchais un refuge. Il y avait deux clients devant moi.

J'ai eu le temps de reprendre mon souffle et de mettre de côté la pièce de dix centimes.

Un gros sentiment de solitude m'étrangle lorsque je pense que le chemin de l'école va être long et pénible à négocier sans un père, une mère qui sache lire et écrire. Sans jamais s'entretenir avec quelqu'un qui pourrait me venir en aide. Ne serait-ce que de me procurer la totalité des fournitures scolaires me paraît impossible… On me met sur le même pied qu'un élève de mon âge qui a sa chambre, son bureau, son tabouret, un abat-jour et un tas de feuilles blanches et neuves, des classeurs, des chemises, un grand verre plein de crayons et de stylos-billes, sans oublier un parent qui de temps à autre passe la tête par la porte et dit : « Ça va ? Si tu as besoin de moi, n'hésite pas… »

J'aimerais prendre un petit déjeuner dans une salle à manger baignant dans une lumière chaude. Une pièce interdite à la rumeur des voisins, fermée aux courants d'air qui me font courber le dos.

Je suis assis sur une chaise au dossier doux, rembourré de tissu grenat comme on en voit le dimanche chez le rempailleur manouche du marché. Mes bras reposent sur une table en bois de hêtre qui ne bringuebale pas, lourde, large, libérée de toute nappe plastifiée visqueuse, les veines apparentes, caressantes. Dans mon dos il y a un radiateur en fonte ocre dont la chaleur me saisit les reins, sur lequel sèchent mon bonnet de laine et une paire de chaussettes. En dessous, mes souliers d'hiver à boutons, aux longs lacets bleu et rouge. Aux pieds, j'ai les pantoufles de mon père ; face à moi, derrière la baie vitrée, s'étend une rue piétonne pavée de grès jaune. L'odeur du pain chaud grillé me chatouille les narines, le beurre fond en gouttes d'or dans les trous de la tartine chaude, le café fume dans le bol et se mêle au goût crémeux du lait…

Finalement, pour aller à Paris, il suffit de prendre le train à Nanterre jusqu'à la gare Saint-Lazare. Le billet coûte soixante-quinze centimes, donc un franc cinquante l'aller-retour. Je me dis que ce qui me botterait, c'est de prendre le train qui roule en sous-sol dans des tunnels. Le métropolitain. Après le Photomaton, avant de regagner le quai de la gare pour rentrer à Nanterre, j'avais vu des gens s'engouffrer dans sa bouche. Les élèves de ma classe qui l'ont pris s'en vantent, il n'y a aucun Arabe parmi eux. Et comme je veux être le premier…

Ils ont choisi le rouge carmin pour colorer, sur l'arc à l'entrée, les lettres qui forment le mot « Métropolitain ». La couleur des bolcheviks, dit monsieur Raffin.

Un franc cinquante l'aller-retour jusqu'à Paris, c'est cher. En rajoutant cinq centimes, j'ai un ticket de cinéma dans les six premiers rangs. C'est là qu'est ma place. Quand il y a un plan serré sur le visage d'un acteur, je suis si près de l'écran qu'il me faut regarder à droite et à gauche pour saisir l'expression de son regard.

Si je prends le métro, je m'installerai dans la première voiture comme si c'était moi qui conduisais la rame, pour avoir le sentiment de pénétrer dans la roche qui s'écarte devant moi, de me frayer une voie nouvelle, et que ce sont mes yeux, en guise de phares, qui l'illuminent. Je suis content ! Ce sont des images plus belles que celles de ce putain de café-hôtel. J'arrive à élever mes yeux au-dessus de la fange. Il est difficile de se soulager de certaines images, lourdes, pénétrantes, la misère fait enfler les paupières. J'appuie dessus, ça coule.

— Pourquoi tu pleures, Sid Ahmed ?

— Mais non, je ne pleure pas, ça vient tout seul. Tu m'as élevé à la dure, je ne peux pas chialer…

Elle est drôle ma mère, elle veut que j'aie la pêche tout le temps rien que pour ne pas avoir de soucis à mon sujet. Donc pas de regard, pas de pensée, quoi ! Et elle s'en revient, peinarde, à arroser sa maladie de la tristesse.

Je m'éloigne du métro, il roule sans moi.

Je me demande quand même ce qu'ils ont pu mettre comme décorations ou comme lumières dans les tunnels pour divertir les voyageurs entre deux gares. Ils ont peut-être creusé de longues et larges salles du côté du rail où l'on voit… je ne sais pas moi, des danseuses de revue, des défilés de mannequins de mode, des athlètes de salle, des bandes-annonces de films projetées sur écran… ce serait rigolo.

Rêver, c'est gratuit, comme nous le répète souvent monsieur Raffin. Le rêve, le voilà ! Qu'on installe entre deux stations de métro un aquarium géant, avec dedans toutes les espèces de poissons de la mer, de l'océan… Et de la musique plein les oreilles.

Je n'aime pas quand ma mère me regarde comme ça sans rien dire. En Algérie déjà, elle me suivait des yeux alors que je dessinais un monde imaginaire avec le bout du doigt sur le mur de la cour. Je rêvais.

Je m'étais tourné vers elle. Elle était adossée au mur, à l'ombre, le cul par terre, les jambes croisées. Quand elle ne brûlait pas la peau d'un poivron sur le *kanoun* pour l'éplucher, elle tournait en *leben* le lait qu'elle avait mis dans l'outre en peau de chèvre, pendue aux deux tréteaux bricolés par elle avec des branches arrachées d'un figuier. Elle balançait l'outre sur le feu et me suivait du regard. C'était le *mguil*, le temps était arrêté, la vie, rythmée par le va-et-vient du lait qui faisait des vagues dans l'outre. Les ailes d'une mouche battaient l'air, un bourdonnement s'éloignait, revenait, et mon doigt, sur le mur, écrivait des mots invisibles, peignait des traits sans visages. Je m'étais tourné, ma mère me regardait toujours et j'avais fini par la fixer, lui sourire timidement et lui dire :

— Qu'est-ce que tu as, je n'aime pas quand tu m'observes comme ça, tu fais une drôle de tête.

Elle avait cessé de secouer l'outre, m'avait toisé de bas en haut puis, en relevant la mèche brune qui s'était glissée hors de son foulard, elle m'avait répondu :

— Tu m'inquiètes, il y a bien au moins trois jours que je ne t'ai pas entendu parler de toi.

Ma mère pensait qu'elle était venue en France rejoindre mon père pour fuir la misère. Mais je crois que la vraie raison, c'est qu'elle voulait s'éloigner de là où elle entendait encore le plouf.

Moi aussi, ce plouf, je l'entends encore, mais j'ai une combine : je fais plus de bruit dans ma tête en pensant, en rêvant, en faisant entrer la rumeur de la vie autour de moi. J'arrive à mettre une bonne couche dessus et à filer là où j'ai envie d'aller. C'est vrai que ce putain de plouf me rattrape parfois, mais je fais en sorte de ne pas me laisser gouverner par lui, comme ma mère.

Ce fardeau qui va, revient comme une douleur lancinante, c'est ce que j'appelle la maladie de la tristesse. Ma mère l'a attrapée à la mort de ma sœur. Moi je ne l'ai pas, j'aime bien rire quand je joue, je riais quand je chassais le hibou, en me baignant dans la rivière, en volant le raisin du colon... Ma mère a forcé mon père à quitter le reg, son vent, sa poussière rouge, ses cailloux, la famille, le hameau, pour nous éloigner du puits où ma sœur est tombée.

À dix ans, ma sœur est morte, noyée dans le puits de notre hameau de la montagne. Ma mère a hurlé, je ne veux plus habiter là où ma fille a perdu la vie, près de ce puits. Même fauché, mon père a trouvé une chambre à louer dans une maison au village. Nous nous y sommes installés, mon père n'avait même pas vu le puits qu'il y avait dans la cour de cette maison, à deux pas de notre chambre...

Elle ne voulait plus, n'en pouvait plus d'entendre dire que si elle était allée elle-même puiser l'eau, sa fille serait encore en vie... Les mégères, les ragots, les mots... Amaria avait l'habitude d'aller au puits, elle ramenait le seau plein en chantant. Mais un jour, elle avait glissé, trébuché, personne ne sait...

On a fui notre montagne.

Seule la lampe à pétrole vivait. Son cœur, la flamme jaune, se déhanchait comme une danseuse de flamenco ; puis, quand une légère brise pénétrait par à-coups dans la cour, elle dessinait une ondulation brusque et courte, un élan de tango argentin.

Ma mère, mes frères, Noria et moi, assis par terre, jambes croisées, silencieux, fixions la lampe dans cette nuit noire. Elle vivait pour nous, à notre place, nous qui étions morts, ou peut-être seulement inertes.

Nous avions faim. Nous avions attendu que la famille voisine du *caïd harki* nous apporte le reste de son dîner, mais personne n'avait frappé à notre porte. Mon frère, le menton sur les genoux, les mains sur les mollets, avait de la haine dans les yeux. Il aurait tué de voir sa mère, ses frères et sa petite sœur comme ça, à attendre avec le ventre qui gargouille. Pour ne pas subir la misère, il quittait la maison à l'aube et ne revenait qu'à la tombée de la nuit. C'était un enfant de la rue, âgé d'à peine dix ans.

Ma mère a parlé seule, puis s'est soulevée. Elle avait l'air d'une femme sauvage avec ses cheveux noirs, longs, en désordre. Le manque de son homme, la solitude, le silence, la faim lui avaient ôté musique, sourire et parole. Brusquement elle a soufflé sur la mèche et nous a dit :

— Levez-vous !

Mon frère et moi nous sommes exécutés. Debout, elle a cherché dans la nuit noire ses claquettes en plastique pourries, y a enfoncé ses orteils, a ouvert la porte de notre gourbi et est sortie. Elle marchait vite. Quand elle est comme ça rien ne peut l'arrêter. Elle n'avait pas couvert sa tête, n'en avait plus rien à faire des voisins. Eux avaient mangé, ils écoutaient la radio clandestine de la libération ; nous, on suivait notre mère qui avait faim.

Nous sommes sortis du village, elle s'est arrêtée devant une haute haie, une muraille de buissons ardents qui entourait les quelques hectares de vigne du gros colon Perret. Ma mère a fixé la haie comme si elle voyait ce qu'il y avait derrière, le raisin noir, mûr, gorgé de jus. Mon frère et moi avons compris. Mon frère a cherché un passage moins risqué, a trouvé un arbre depuis lequel on pourrait sauter de l'autre côté. Ma mère nous a regardés :

— Courage !

Mon frère a écarté délicatement les branches pour ouvrir un passage jusqu'au tronc. Piqué d'aiguilles sur les bras, les cuisses, le ventre, il grimaçait de douleur. Arrivé au pied de l'arbre, il a récupéré un peu de colère et, d'un bond, s'est agrippé à la première branche.

J'avais peur, je n'avais pas envie d'y aller, les énormes épines me fixaient, le buisson me paraissait infranchissable. Mon frère m'attendait, assis sur le coude d'une branche. Ma mère lui a murmuré :

— Non, ton frère est trop petit, vas-y tout seul !

Mon frère est devenu le seul héros, il était content. Des perles de sang coulaient sur ses bras, ses cuisses, ses jambes ; il les a frottées, s'est levé et, d'un large bond, il a sauté à terre de l'autre côté.

Nous ne le voyions plus. Nous attendions. Ma mère, inquiète, regardait autour d'elle, surveillait les parages. Puis, comme une offrande tombée du ciel, une grosse grappe est tombée à ses pieds.

— Hi, hi, hi !

C'était un rire nerveux, retenu. Ma mère était émue. Elle a respiré la grappe, l'a soupesée. Quelle image, avec la Lune en croissant juste au-dessus de sa tête ! Une autre grappe est tombée, c'est moi qui l'ai ramassée, j'étais ébloui.

Mon frère nous en a envoyé d'autres. Ma mère a relevé sa longue robe, on les y a posées.

— Ça suffit ! a-t-elle lancé.

Elle a pouffé nerveusement. Ses yeux étincelaient sur le fond obscur du ciel. Puis il y a eu un long silence. Mon frère a surgi derrière les pyracanthas, se demandant certainement où trouver le courage d'affronter une nouvelle fois cette haie cloutée.

— Fais attention à toi ! lui a soufflé ma mère.

Il s'est faufilé avec précaution entre les épines, puis a crié très fort et a foncé dans la haie. Silence. Il a reniflé, plusieurs fois… Il pleurait. Il a dû s'essuyer et reprendre contenance, parce que quand il s'est hissé sur l'arbre et assis sur la première branche, il n'a souri ni à ma mère, ni à moi, mais pour lui. Il était content d'avoir accompli le plus dur.

Un autre soir, l'orage tonnait. Dans le ciel opaque se dessinaient des traits lumineux aux angles coupants.

J'ai eu vite fait de quitter le bord de la rivière où je me baignais lorsque j'ai vu apparaître le premier gros nuage noir. Le vent qui amenait la pluie a secoué mon torse nu, et d'un bond, comme les autres garçons, j'ai saisi mes haillons. Je me suis enfui vers la maison.

Au milieu de la cour, je suis resté torse nu et j'ai attendu l'arrivée des premières gouttes de pluie. Ce n'est pas souvent qu'on peut vivre un orage sur notre plateau sec et poussiéreux. Une goutte est tombée sur mon épaule : ça y est, ça commençait. J'ai ri. J'ai tiré la langue vers cette eau qui tombait du ciel. J'étais excité, de crainte et de plaisir.

Sur les terres où la pluie est rare, quand il pleut, cela dure des jours et des nuits, l'eau se met à déborder des lits des rivières, inondant routes, champs et maisons… Cette eau du ciel qui, orgueilleuse, s'était retenue de tomber durant des mois parce qu'on ne la méritait pas, avait fini par se prendre de compassion pour nous. Toute drue, opulente, elle se laissait tomber jusqu'à nos pieds. Ses gouttes étaient grosses, lourdes, s'abattaient comme des coups sur mon crâne, mon visage, mon torse. La cour a vite été inondée. Ça tonnait, le ciel se zébrait, l'eau tombait en cascade sous la porte ; je suis sorti de la cour. C'est un son merveilleux que celui des grosses gouttes qui s'éclatent sur la terre, la chute de l'eau sur la route, les murs, les toits… La tempête. D'un coup, j'ai eu peur du tonnerre, des stries des éclairs qui clignotaient dans le ciel noir.

— Venez ! a crié ma mère.

Je me suis retourné. Le foulard sur la tête, elle sortait en courant de la maison. Mon frère la suivait. Elle courait vite, pieds nus sur le chemin inondé, agile, légère, aérienne. Folle. Son foulard trempé glissait autour de son cou. Tout le village, tout le quartier était reclus, enfermé chez soi. Ma mère, mon frère et moi étions dehors sous la tempête, et parfois l'éclair éclaboussait de rayons la silhouette de ma mère avec son seau métallique à la main. On la suivait, mon frère et moi. Par un temps pareil, n'importe quelle mère aurait dit à ses enfants de rentrer au bercail et de se sécher, la nôtre nous invitait à courir derrière elle.

Nous sommes sortis du village, elle fonçait vers les jardins du colon Perret. Qu'allait-on voler ? Elle s'est arrêtée au bord d'un fossé longeant l'orangeraie, s'est laissée glisser dans le creux du fossé. L'eau lui arrivait aux mollets. Elle s'est penchée vers le sol, allait lentement, son seau à la main. Puis je l'ai vue ramasser quelque chose et le poser au fond du seau. Je me suis précipité : un escargot. J'ai compris.

— Que les gros ! a lancé ma mère.

Que les plus beaux et les plus gros, maman ! Mon frère en avait les mains remplies, il les a jetés dans le seau. Ça tonnait, éclairait, tombait. On dégoulinait. Ma mère était trempée, sa silhouette, bien dessinée sous la robe que la pluie lui avait collée au corps. J'ai ramassé quelques escargots mais les plus beaux, les colorés, ceux dont les coquilles racontent une histoire, je les admirais… Je les caressais. Certaines coquilles manquaient d'originalité, elles étaient sobres, sans traits ni dessins, juste un arc-en-ciel pâle sur le dos : sans doute des escargots timides. D'autres coquilles étaient plus belles qu'une carte de géographie, qu'un foulard du Liban, c'étaient des escargots frimeurs, tout en couleurs, avant de naître ils avaient pris le temps de s'occuper de leur personne, ils s'aimaient, ils ne voulaient pas passer inaperçus. Ce n'était pas de l'exubérance, c'était la vie sur leur dos, comme ils la voyaient, belle et attirant le regard…

— Sid Ahmed !

Oui maman, j'avais oublié, vous en êtes où ? Mon frère et elle ont rempli le seau pendant que je parlais à des coquilles. On est rentrés en courant, rasant les murs pour se cacher des voisins. Ils se seraient moqués de cette mère que la faim poussait à traîner sous l'orage avec des enfants nus pieds… Les faux pauvres montrent ce qu'ils ont à manger et se lamentent, mais les vrais cachent leur faim. C'est la nuit qu'ils vont voler le colon.

Aujourd'hui c'est jeudi, la journée sans école. Le jour où je dois être à disposition de ma mère.

Il faut amener Noria au dispensaire, aller cogner à la porte de la vieille qui distribue les vêtements. Il se peut que ma mère veuille ensuite faire un tour à Monoprix, en passant rendre visite à sa nièce des baraques du pont de Rouen. Ces longs moments m'ennuient. J'attends. Ma mère n'aime pas aller chez sa nièce, elle craint toujours de la trouver en pleurs, le corps endolori : son mari la bat. Mais il faut bien lui montrer notre soutien, alors on y va à reculons, en priant comme ma mère que cet homme se soit assagi. Mma aimerait le tuer, mais c'est interdit par la loi. Il faut le voir faire le paon lorsqu'il nous croise mon père et moi au marché d'Argenteuil…

— Comment, tu ne fais pas la prière ? On n'est plus des gamins, il faut songer dorénavant à préserver notre âme ! Ce n'est pas parce que nous sommes dans un pays de mécréants que ça doit déteindre sur nous, notre force est dans notre foi… Agenouillons-nous dans la prière, œuvrons pour nos racines avec fierté et dignité !

Je le toise depuis ma petite taille. C'est un géant, portant haut, aux larges épaules, bel homme, une moustache fine sur la lèvre. Le crâne d'équerre, carré, sous une courte chevelure bouclée et brillante. Une dent en or plantée sur le coin haut de la mâchoire.

Mon père semble préoccupé, tenaillé. Il pense à son père, mon grand-père, qui était le chef des croyants de chez nous, de tout Beni-Ouassine. Il doit se sentir mal d'avoir largué ses babouches pour des pataugas. Pour repartir de l'avant, ne pas rater le bus, se lever tôt pour le travail, enjamber le Solex, creuser, il se donne du courage, un délai : un jour, je m'y mettrai à la prière… C'est ce qu'il doit penser. La preuve, en se penchant vers moi, il a son beau sourire.

Ce jeudi-là, Simone est venue récupérer des vêtements chez la vieille qui nous les donne. Je l'attends dehors, en bas du bâtiment. Je suis planqué derrière une haie ; elle sort avec sur le dos un sac en plastique noir gonflé d'habits. Simone a l'air contente de mener à bien sa mission, elle marche vite. Je la suis. Elle se dirige vers Courbevoie par l'avenue Marceau. Elle porte le sac maladroitement, il lui glisse du dos et semble trop lourd pour elle. Elle s'arrête souvent et regarde devant elle le chemin qui lui reste à parcourir. Elle porte une épaisse robe noire et un tricot bleu à boutons. Un serre-tête tient ses cheveux longs.

Elle s'arrête encore, et je n'arrive plus à la regarder peiner sous son fardeau. Je l'appelle :

— Simone !

Elle se retourne, surprise. Il y a un long silence. Elle laisse tomber le sac ; je ne sais pas s'il faut lui sourire ou la plaindre. On se fixe, c'est tout, l'image est au ralenti, sans le son, jusqu'à ce que je la rejoigne.

Me voilà debout face à elle.

— Tu es là ?

— Ben oui.

— Depuis quand ?

— Novembre.

— Comme nous.

— Tu vas où ?

— Nulle part.

— Moi je rentre chez nous avec ce sac de vêtements.

Elle dit « nous ». Moi, je dis toujours « moi ».

— Je vais t'aider.

On saisit le sac à deux. Elle éclate de rire. On marche.

— Tu ris de quoi ?

— De notre image, toi et moi, c'est comme si on se tenait la main à travers ce sac. Comme si on ne s'était jamais quittés.

Elle s'arrête, regarde autour d'elle.

— Tu as vu comme les gens d'ici marchent vite.

— Ils courent à leurs affaires.

— Ils fuient les fantômes de leur passé.

Lorsque je ne comprends pas quelque chose, j'essaie d'esquiver. Mais cette fois, je n'ai pas le temps de dire n'importe quoi pour ne pas avoir l'air bête, elle ajoute :

— C'est mon père qui dit ça.

— Il fait quoi, ton père ?

— Il répare des montres et il en vend, mais pas des neuves… Il a trouvé une boutique, il la loue.

Elle se tourne vers moi.

— Mais en vrai, mon père, il étudie les gens, il est psychologue et il commence à en recevoir dans son arrière-boutique. Dès qu'on est arrivés en France, il a écrit un article dans une revue de pieds-noirs qui étaient là bien avant nous, pour se faire connaître. Maintenant, il y en a plein qui viennent pleurer leur mère et le bled dans le fond de sa boutique.

— Il gagne bien sa vie alors ?

— Ça paie son loyer, celui de l'appartement et avec la réparation des montres on arrive à manger.

— Et ta mère, elle travaille pas ?

— Elle est souffrante.

On se plante devant la vitrine d'une boulangerie. Je regarde les flans et les puddings, elle se penche sur les millefeuilles et les éclairs.

— Tu as remarqué qu'ici leurs patates n'ont pas de goût ? Il n'y a que de l'eau, pas de soleil dedans.

On reprend le sac et le chemin.

— Comme eux, elle dit. Le bled, Maghnia, le beau temps, ça ne te manque pas ?

— C'est mort.

Elle s'arrête de nouveau, pose le sac, me regarde longuement.

— C'est vraiment mort ?

— Ben oui… J'y crois pas, au discours de retour de mon père.

— On mourra ici ?

— C'est pas ça le plus dur. Le plus dur, c'est de vivre sans plus rien à nous d'avant.

— Tu m'expliqueras.

— Il n'y a rien à dire, c'est juste qu'il faut recommencer à zéro.

— Tout ce qu'on était, ce qu'on a vécu ne sert à rien, ici ?

— Ben non !

— Il faudrait qu'on se revoie souvent, ça nous ferait du bien. Tu me rappellerais les rues, notre école, les camarades…

On redémarre.

— Je prends des cours de théâtre, je veux être comédienne.

Je ris. Je lui dis qu'elle n'est pas assez belle pour être actrice. Pourtant, je ne cesse de la regarder, elle est un bout de mon pays.

— C'est quoi ces fringues dans le sac ?

— C'est des habits pour mon père, ma mère et moi, une assistante sociale me les a donnés.

— Tu la connais d'où ?

— Elle est de notre famille.

— Elle est juive ?

— Et alors ?

On dirait que ça ne lui plaît pas.

— Tu sais que les juifs voulaient partager l'Algérie avec vous, comme en Tunisie et au Maroc, mais les Français voulaient tout garder pour eux, que vous restiez des indigènes.

Elle s'arrête.

— Tu sais ce que c'est, la première chose que les juifs ont faite quand ils ont débarqué en Algérie, tout au début, au siècle dernier ? Ils ont appris à parler arabe. Tu sais pourquoi ? Pour être proche de l'indigène, être accepté par lui. Tu as connu des Français, là-bas, qui causaient l'arabe ? À part les mots obscènes ?

Elle habite dans une impasse étroite derrière la caserne Charras. Je ne lui demande pas comment sa famille a atterri là. Quand elle veut voir Paris, elle prend l'autobus qui la dépose au pont de Neuilly.

Elle me donne rendez-vous le jeudi, chez la vieille qui donne des vêtements. D'un plan j'en fais deux, je trouverai le baratin…

Ce dimanche, pas de cinéma. Mon père a dit non. Je suis debout dans l'allée qui pue, à l'entrée de notre baraque. Il y a un rayon de soleil. Mon père mange, et quand il mange, il veut être seul. Avant de saisir son couvert, il nous dit :

— À tout à l'heure !

Avec un grand respect, nous ne lui adresserons la parole que lorsqu'il demandera le café à ma mère. Je ne peux même pas l'amadouer en lui disant que j'ai eu une bonne note à l'école, il ne comprendrait pas, il ne sait pas lire. Il écoute la radio, nous l'écoutons avec lui. Comme tous les dimanches, il y a une émission où les auditeurs appellent pour choisir une chanson qu'ils dédient à un proche ou à leur famille. Les plus nombreux sont ceux qui envoient un courrier à la radio avec le titre de leur chanson et leur nom. Ils n'ont pas le téléphone, comme la plupart des immigrés. J'imagine des tas de familles attablées, ici et au bled, qui se penchent vers le poste de la même oreille. Le présentateur de l'émission cause un dialecte algérien truffé de mots français.

— Il y en a beaucoup, *hébou ath el rounir* !

Ou alors :

— J'accueille au téléphone Zahia *li telgha m'Lyon.*

Mon père hoche la tête, sourit aux grosses blagues de l'animateur. Ma mère vient débarrasser la table avant de lui servir le camembert. Elle lui lance :

— Si les enfants n'ont pas leur place de cinéma, je vais les avoir dans les pattes toute l'après-midi !

— Il y a des terrains de jeux ! il répond, agacé.

Son ami Okacha vient prendre le café avec mon père.

— Là on rigole, mais sur le coup on avait les jetons !

— Je vais te dire, quand je pense à ce jour-là, ils me reviennent les jetons, je tremble comme si c'était en direct.

— Tu crois que la police voulait vraiment nous tuer ?

— C'est pas avec des balles à blanc qu'ils nous visaient…

— Du pont de Neuilly jusqu'à la Défense, qu'ils nous ont coursés, et ils tiraient avec des pistolets, des fusils…

— J'en ai vu qui tombaient, de nos frères sous les balles, tu vois, ils tiraient pour de vrai !

— Moi je n'en ai pas vu.

— Tu avais tellement peur que ça te rendait aveugle, tu ne reconnaissais plus le chemin du retour.

Ma mère, qui connaît l'histoire par cœur, leur lance :

— Quelle idée aussi d'aller crier *istiklal* ! Le peuple algérien n'avait pas besoin du soutien de deux terrassiers comme vous pour vaincre…

Un léger silence refroidit les deux héros et mon père se défend :

— Qui, pendant des années, a donné cinq francs, une journée de travail par mois, qui allait au Front de libération ?

— Les ouvriers algériens immigrés en France.

— Et où ont été distribués les premiers tracts appelant au soulèvement ?

— Ici, à Nanterre !

— Les tracts qui partaient au bled, les valises portées par des anonymes, c'était qui ?

— Des ouvriers immigrés qui partaient en vacances…

— C'est qui, tous ces gens-là ?

— Toi, moi et les autres ouvriers terrassiers ou maçons !

Et toc, qu'ils ont envie de dire à ma mère tous les deux.

— Bravo ! leur dit-elle.

Ils reprennent leur récit de ce fameux jour d'octobre, l'année dernière, où ils ont défilé pour l'arrêt de la guerre en Algérie, pour l'indépendance…

— … pour ne pas oublier.

— Le soir, quand on a appris le massacre, ça pleurait dans tous les bidonvilles.

— On allait de baraque en baraque se donner l'accolade… On n'a pas dormi.

— Comment trouver le sommeil avec le bruit des rafales qui tournait en boucle dans la tête ?

Puis, quand ils ont fini la bouteille de Valstar rouge que mon père planque sous la table, je veux partir. Ils nous plombent l'après-midi, et ma mère soupire en me regardant :

— Tu aurais dû m'emmener chez ma sœur…

Je sors du bidonville, je ne sais pas où aller. Je marche jusqu'à la maison de Nanterre, l'hospice des vieux de la vieille guerre et des clochards. Puis j'ai l'idée d'aller à Paris, sans ticket de bus, mais j'hésite à frauder. J'erre. Nous sommes en avril, mais dans ce pays, novembre dure six mois. Le ciel est gris, bas, au ras des paupières. C'est le seul argument qui me fait comprendre que les gens boivent… pour le rayon de lumière qui s'échappe du goulot.

Ce n'était pas la première fois que mon père s'est fait courser par des Français en uniforme. En Algérie aussi, pendant la guerre, il lui était arrivé de contribuer à des manœuvres clandestines. Il rentrait haletant dans la nuit, sans frapper à la porte, après avoir évité des tirs de mitraillette de soldats français. Quand il retrouvait ma mère, dans le noir, j'entendais tout ce qu'il lui murmurait et les reproches qu'elle lui faisait.

— Un jour, il va nous faire repérer par l'armée française, ton idiot de mari, avaient dit les voisins à ma mère.

— Vous savez, je n'arrive pas à le raisonner, il est de Beni-Ouassine ! leur répondait ma mère.

— Alors qu'est-ce que ça veut dire, qu'il a plus de couilles que nos maris parce qu'il est de la montagne ?

— Non, mais ils ont toujours aimé chahuter les balles des Français, là-bas.

C'est aussi les balles des soldats français qui ont fait quitter à mon père son métier de berger – ceux-là l'avaient prévenu, une fois, qu'ils le passeraient au poteau s'ils le revoyaient sur le plateau de cailloux à la tête de nos bêtes. Il a changé de place, guidé le petit troupeau le long d'un ru inaccessible aux véhicules militaires. Là, il a été peinard quelques jours, il pouvait faire parvenir aux *moudjahidin* des vivres et des nouvelles, il était passeur et berger. Pas pour longtemps, il a été découvert, et à la poussière que soulevaient les camions et les Jeep des militaires français, il a vu la fin arriver. Il s'est enfui.

La gare de Nanterre est déserte. C'est dimanche après-midi, les gens tardent à table, ils ont congé. Je suis seul sur le quai numéro un direction Paris Saint-Lazare. Je regarde la voie, les rails, cet alignement métallique qui m'a toujours fasciné. En Algérie il m'arrivait d'aller longer la voie ferrée à la sortie de Maghnia. À gauche le train allait à Oran, à droite à Oujda, au Maroc. Je jouais au funambule sur le rail ou je sautais à pieds joints sur les traverses de bois en attendant qu'un train passe et écrabouille la boîte de conserve que j'avais posée en équilibre. Je rêvais de prendre ce train, d'aller à la fin du chemin de fer. Je l'ai pris jusqu'à Oran… Et je suis arrivé là, à Nanterre, assis sur un banc. Aurai-je le culot d'aller à Paris sans ticket ? Je m'assois et j'imite la pose de Simone, mains à plat sur les genoux et tête légèrement penchée vers mon épaule gauche. Puis, les yeux grands ouverts, comme si je fixais un point précis, je reste immobile.

Ce qui me turlupine, c'est que je sais que je ne suis pas comme les autres enfants. Je suis né au début de la guerre et je l'ai vécue jusqu'à la fin. Avec les horreurs, les peurs, les cris et les larmes. Il faut toujours que j'aie un souci, s'il n'y en a pas je le crée. Il me sert à me reprendre, m'aide à me cacher une chose qui me taraude. Les autres enfants se lèvent, courent, jouent ; moi, je porte toujours un poids. Je ne peux pas croiser un regard sans essayer de me raconter l'histoire qu'il y a dedans. S'il est bas et neutre, je me demande ce qui lui a ôté sa volonté de résister, s'il est haut et fier, je me dis qu'il a eu de la chance. Ma joie, mon amertume, ce qui me porte, je le vole aux blessures, dans l'espoir que je lis chez les autres.

— Sid Ahmed, t'en fais une tête ?

— Arrête, Mma !

Je fais rire ma mère, ce n'est déjà pas rien. C'est peut-être ça que monsieur Raffin essaie de nous enfoncer dans la cervelle, que notre richesse, c'est la connaissance. Il dit :

— Quand vous admirez un beau tableau d'un grand peintre, que vous restez en extase devant, c'est qu'il vous a conquis, vous vous l'êtes approprié, il devient à vous, vous le possédez ! C'est pareil avec un beau livre, il vous a tant plu qu'après avoir fini de le lire, vous vous remémorez les plus beaux extraits, vous vous les relisez, ils deviennent à vous, vous les possédez. Le tableau, le livre, ces deux belles œuvres sont à jamais gravées en vous, leur beauté se reflète en vous, vous la portez comme un don, une richesse. C'est cela la possession. Vous êtes riches !

Puis il nous fixe l'un après l'autre, évalue l'effet que ses mots ont eu sur nous. Quand je vois que ça va être mon tour, je baisse les yeux sur mon pupitre. Il me dit :

— Vous savez tout ça, vous.

Je fais celui qui ne relève pas. Il m'interpelle, je me lève, les mains dans le dos. Il me lance :

— Qu'est-ce que tu as compris de ce que je viens de dire ?

— Que la richesse ce n'est pas de posséder une DS-17 à injection, ou une Fiat Gordini avec une belle brune teinte en blond dedans.

Je l'ai scié !

Il arriva chez nous un dimanche de novembre... Je commence toujours par lire cette phrase, la toute première, avant de reprendre la lecture à la fin du chapitre où j'avais refermé les pages. Je ne lis que dans la bibliothèque, je n'emporte jamais le livre dans la baraque, j'ai peur de l'abîmer. Moi aussi, je suis arrivé ici, au bidonville de la rue des Pâquerettes, à Nanterre, en France, par un matin de novembre.

Il arriva chez nous un dimanche de novembre... Cette phrase, à chaque fois elle me fait chialer. Ceux qui ne savent pas d'où je la tiens, il leur manque un livre.

Lui, il est arrivé au café un jeudi soir vers sept heures, juste avant le début de *Janique Aimée*. Il est venu la chercher et comme je ne m'en doutais pas, ça m'a fendu le cœur. C'est un peu comme si on m'abandonnait. J'ai eu peur.

Je l'ai bien regardé, Gwenn, juste après qu'il m'a salué. Il est heureux et bien sapé. Il s'accoude au bar et jette un œil à son bracelet-montre, puis dépose sa valise et son sac à ses pieds. Il part, je me dis, il s'en va. Mais c'est surtout la suite que je crains, car ce qu'il attend là, c'est quelqu'un. Janique Aimée pousse un cri. Je ne lève même pas les yeux. Je prie pour que la porte ne s'ouvre pas, qu'Halima n'apparaisse pas.

Elle entre dans le café. Dieu qu'elle est belle.

Ils s'en vont tous les deux. Ce Gwenn de mes deux me pique ma pute. Ils se sourient, il pose sa main sur la sienne, elle lui murmure quelque chose à l'oreille, il éclate de rire. Je me détourne. Je ne veux surtout pas qu'ils aperçoivent la larme sur le bord de mes paupières. Je renifle, je planque mes mains dans mes poches, elles tremblent.

Ils quittent tous les deux l'hôtel sans m'avoir dit un mot. Il a l'air con, ringard, avec son porte-clefs à gros scoubidous à la ceinture en plus d'une serviette de bain épaisse qui déborde de son sac. Il est heureux et ça me rend jaloux, très malheureux.

Halima vient finalement vers moi et m'embrasse sur le front. Elle sent le lilas. Elle sourit et juste après elle m'oublie, elle reprend sa valise, met son sac sur l'épaule. Lui, il me dit :

— Ça m'a appris beaucoup de choses de vous donner des cours de soutien, à toi et aux autres. Tu les salueras de ma part.

Il me tape sur l'épaule et saisit ses affaires. Je chancèle. Gwenn me lance :

— Profite bien !

— Non !

J'ai crié. C'est parti d'un coup, d'un rien… Les clients du bar ont sursauté, tous me regardent. Je hurle :

— Non !

Je suis tendu comme un lance-pierre, juché sur la pointe des pieds, les nerfs à bloc. Gwenn est stupéfait, Halima me plaint. Au troisième « non », celui qui m'est sorti de la bouche après les larmes, Gwenn dit à Halima :

— Oh, je comprends, t'inquiète ! C'est le fameux « non » que je leur ai appris à dire sans s'en priver, il me le répète. Bravo !

Il rit, Halima fait semblant de le croire. Elle voit bien que je suis devenu *agoun*. Et je sors du café en courant. Je ne leur ai pas dit adieu, qu'ils aillent se faire foutre. Eux non plus n'ont pas pensé à moi.

Entre-temps la nuit est tombée, je cours dans les allées étroites, puantes, boueuses du bidonville, et je crie, je hurle :

— Non, non !

Comme ma mère, sa silhouette me revient, quand elle courait pieds nus dans la montagne et moi derrière elle, hurlant après les camions des soldats français qui emmenaient le cadavre de son frère, de Jaber et d'autres *moudjahidin* vers des charniers qu'on ne trouverait plus, elle aussi *agouna*, défigurée par le désespoir, elle hurlait :

— Non !

« Non ! » C'est mon écho maintenant, dans le désert des baraques, je réponds à ma mère, elle n'est pas seule dans sa haine, sa solitude, elle m'entend : « Non ! »

Je cours, je cours vers ma mère.

— Allez ouste, fissa !

— Hein, quoi ?

— T'as oublié ? me souffle mon père.

Il me secoue. Je lui réponds que non, souris et m'assieds au bord du lit. Sous la porte de la baraque, la lumière du jour n'apparaît pas encore. Je me frotte les yeux. De l'eau fume dans la bassine en plastique bleu que mon père a posée au pied du tabouret. Sur le dos des chaises, il y a le pantalon propre, la chemise et le tricot que je dois porter, avec des chaussettes et mes chaussures cirées. On se prépare lui et moi sans faire de bruit pour ne pas réveiller la famille. Je suis avec lui et lui avec moi, ce père qui m'a tant manqué dans ma montagne, lui qui était absent à ma naissance. Il peut compter sur moi. S'il m'a proposé de l'accompagner aujourd'hui, c'est qu'il aura besoin de mon aide.

C'est l'*Aïd el Kébir* ! C'est notre fête, ma fête ! Nous allons à la ferme du Français, vers Maisons-Laffitte, pour sacrifier le mouton. Mon père enfouit dans un grand sac en toile les couteaux qu'il a aiguisés la veille sur la pierre ponce ; il ajoute des torchons, des emballages, une grosse éponge, des cordes. Il me tend le seau et nous sortons de la baraque.

Nous longeons quelques allées étroites et sombres en rasant les murs pour éviter le milieu fangeux du chemin. Aïssa, le taxi et livreur du coin, nous attend sur la route goudronnée au volant de sa 404 bâchée ocre. Il fume. À côté de lui, un jeune couple de Mostaganem. La femme est côté portière, tête nue, voyez-vous ça, dirait ma mère ! Elle est ronde de partout, comme on les aime chez nous. Un panier d'osier ramené de là-bas plein de torchons et de victuailles sur les genoux, elle mâche un bâton de *souak.* À côté d'elle son mari, avec ses lunettes rondes à double foyer, semble nerveux. Il s'impatiente :

— Vous êtes au courant que si notre bête n'est pas abattue avant neuf heures du matin, notre aumône à Dieu vaut que dalle !

Mon père l'a entendu, il connaît le voisin, il ne relève pas, sourit en douce à Aïssa. Celui-ci répond à l'énervé :

— Te casse pas la tête, Batata, notre devoir sera accompli en temps et en heure !

— Admettons, je ne sais pas moi, qu'on tombe en panne sur la route, qu'on crève un pneu ?

— Tu ne vas pas nous jeter le mauvais œil derrière tes carreaux à double vitrage, lui répond Aïssa.

— Je dis juste qu'on ne fait pas ce qu'on veut avec le rituel !

Mon père me soulève et me dépose sous la bâche à l'arrière de la Peugeot. Des voisins, femmes, enfants, maris, sont entassés autour de moi, mon père les salue et à son tour il bascule dans l'auto. Nous formons une belle équipe ; les hommes sont allés chez le coiffeur et ont mis leur pantalon et leur veste Tergal, les femmes sont tout en couleurs dans leurs robes et leurs foulards, et les enfants, en chemise blanche. Le véhicule démarre, en surcharge. Mon père lance :

— Faudrait pas croiser la police, on est au moins quinze là-dedans.

Tout le monde rit.

— Baissons la bâche derrière, on économisera une amende pour Aïssa.

— Sacré Aïssa ! lance une dame âgée.

Tous ont ri parce qu'ils ont compris qu'Aïssa ne nous mènerait pas gratos jusqu'à la ferme. Je relève un pan de la bâche pour regarder dehors et profiter du voyage. Les bleus, c'est-à-dire les vieux et les vieilles de l'hospice de la maison de Nanterre, s'égrainent déjà sur la route du marché. Certains ont débouchonné le quart de pinard qu'on leur a distribué.

Je suis content de franchir le pont de Bezons parce qu'après, où que l'on aille, il n'y a pas de favelas. J'aime être porté, secoué par un moyen de transport, la voiture, l'autobus, le train… Je suis bien, aucun détail du trajet ne m'échappe et je vois en direct le jour qui se lève.

Tous ces chemins, mon père les connaît par cœur, il les a déjà parcourus sur son Solex. C'est sa route pour aller au quartier général de son travail. Et partout, il a creusé. Maisons-Laffitte, c'est chic. Nous quittons les habitations, empruntons un chemin troué, inégal. J'entends les premiers bêlements des moutons. Je redoute par-dessus tout d'assister et de participer à l'égorgement. Je vais passer la matinée au milieu de ce peuple en exil, qui à travers ce rituel retrouve son enfance.

On saute de la 404 et on la laisse au milieu du chaos de véhicules qui bordent la ferme. J'entre abasourdi dans une rumeur grandissante. Plus on approche des enclos où les bêtes sont parquées, plus on entend les cris, les rires, les bêlements, les appels… La poussière. Tous se pressent, courent avec un seau à la main, tirent sur un mouton récalcitrant. Il y a dix enclos, nous cherchons celui enfermant les moutons numérotés de cent à cent cinquante.

Nous reconnaissons le fermier, le vieux Gilles et son fils Fernand, un grand blond aux larges épaules et aux joues écarlates. Nous étions venus avec mon père en autobus, trois semaines avant, pour choisir notre mouton. La bête élue portait le numéro 113 et mon père a dans les mains le ticket que Fernand lui a donné en échange de l'argent.

On a fait la queue. Quand son tour vient, on donne son ticket à Fernand ou à son père qui, aidés de deux hommes algériens, cherchent la bête portant sur sa laine un numéro écrit à la bombe rouge…

Dès que mon père s'accoude à l'enclos en bois, il se met à chercher son mouton des yeux. Il ne met pas longtemps à le reconnaître au milieu de dizaines d'autres qui tournent, l'angoisse leur couvrant le museau de morve… Il me le montre du doigt. Je fais semblant de l'apercevoir au milieu de dos laineux. Les numéros sont difficilement visibles. Le fermier vient prendre le ticket de mon père, le lit à haute voix :

— Le cent treize !

Mon père veut alors se la jouer et crie :

— Mon mouton il est là, ne cherchez pas plus loin !

Gilles, ébahi, fixe mon père. L'Algérien se penche sur le mouton, lit le numéro et se tourne vers lui, sidéré. Mon père bombe le torse :

— Je vous l'avais dit !

— Alors toi, tu m'en bouches un coin, dit le fermier.

On prend notre mouton et on part se chercher une place à nous. C'est vrai quoi, même s'ils sont deux cents dans un enclos, mon père reconnaît le mouton qu'il veut, il a été berger toute son enfance, et même après.

Mon père tire sur la corde nouée au cou du mouton. Celui-ci résiste, enfonce ses sabots pointus dans le sol pour freiner sa marche vers le gibet. Tout autour de lui il ne voit, pendus aux branches d'arbres, que les cadavres dépecés des siens. Mon père se fraye un chemin au milieu de la foule heureuse et compacte à la recherche d'un arbre et d'un point d'eau. Moi, je porte les sacs avec les torchons et les couteaux.

Nous trouvons un arbre avec une branche libre, épaisse, à la hauteur de mon père, et un tuyau d'arrosage relié à la citerne du fermier. Des gens avec des jerricans et des seaux à la main y font la queue.

Le mouton bêle, ou pleure. Mon père lui entoure le cou des bras et, après lui avoir saisi les pattes arrière, le fait culbuter sur le flanc. La bête bêle plus fort. Les gens passent, tout le monde se salue :

— *Mabrouk Aïdek !*

— *Salam alikoum !*

On répond à tous en s'efforçant de fixer leurs yeux, c'est la moindre des choses. Mon père met brusquement ses genoux sur le flanc de l'animal, puis lui lie les deux pattes avant en faisant plusieurs nœuds.

— Tiens-les !

J'immobilise ces deux pattes pour qu'elles ne battent plus le sol, mon père noue celles de l'arrière sans mal. Le mouton n'a plus que son cou pour montrer qu'il n'a pas abdiqué, il remue la tête en tous sens. Je suis mal, j'ai pitié de lui. Et l'angoisse qui augmente en lui dégage une odeur de plus en plus forte, âcre. Après un long silence, j'entends mon père dire :

— *Allah Akbar !*

Il prie, remercie Dieu et ouvre le sac. Une nouvelle fois, j'entends le crissement de la lame du couteau sur la pierre ponce. Le mouton continue à lutter avec moi.

— Tourne-toi.

— Hein ?

— Regarde comment je m'y prends, c'est en observant que tu sauras faire ça proprement.

Il ouvre la gueule de la bête et saisit sa langue, la sort sur un côté et aussi sec, referme la gueule. La langue pend. Il pose la lame tranchante du couteau à un endroit précis de la gorge du mouton, qui paraît creux quand il appuie dessus. Au moment où mon père s'apprête à enfoncer le couteau dans la chair de la bête, je regarde le mouton. Il bêle, me fixe, m'implore. Je manque de me sauver. Il ne regarde pas mon père, c'est moi sa dernière chance, moi qu'il ne lâche pas de ses yeux qui lui sortent de la tête… Je ne peux pas partir, j'en prendrais plein la tête par mon père, je tiens ses pattes qui tremblent, cognent sur le sol et me blessent… Puis mon père enfonce le couteau et je me détourne.

Mon père aligne plusieurs va-et-vient du couteau dans la plaie et peu à peu je sens sous mes mains moins d'ardeur, de révolte, jusqu'à ce qu'il n'y ait plus rien, plus le moindre soubresaut. Je lâche les pattes, détends mes mains et je me lève, quittant mon père. Il faut que je laisse derrière moi le dernier regard du mouton, ces yeux qui m'ont transpercé. Je marche. Les gens, pressés ou excités par la fête, me bousculent. J'erre dans cet immense terrain vague jusqu'à ce que je sente enfin une odeur qui recouvre tout, une odeur de brûlé : la fumée des poils des pattes et des têtes des moutons qu'on grille sur des feux, des *kanouns*.

Une femme africaine vêtue de couleurs de la tête aux pieds me tend un gâteau que j'accepte en la remerciant. De famille en famille, on me propose du thé, du café, du sucré, du salé… Je prends pour mon père ce que je peux porter.

— Tu avais disparu !

— Tu veux du café, *abba* ?

— Je vais en faire.

— Je vais t'en chercher.

La première famille croisée, marocaine, me remplit deux verres. Une des filles m'accompagne jusqu'à notre mouton avec des gâteaux sur un plateau.

— Au fait, *abba*, quelle heure il est ?

— Qu'est-ce que tu crois, que j'ai dépassé l'heure ? À moins le quart la bête était morte, et tout seul avec toi, pas comme certains qui s'y mettent à trois ou quatre !

Mon père saisit le mouton à bras-le-corps et le hisse jusqu'à la première branche de l'arbre.

— Monte, vite !

Je grimpe sur l'arbre, prends la corde nouée aux pattes arrière du mouton et lui fais faire deux tours autour de la base de la branche en serrant fort. Mon père lâche la bête, qui reste suspendue, et vient serrer le nœud que j'ai fait.

— Voilà le travail !

Il regarde autour de lui, il rit.

— Tu as vu comment ils dépècent, tu te rends compte ! Ils lacèrent la peau, égratignent la viande… Ce n'est pas possible, tu vas comprendre en me regardant. Je vais enlever sa peau sans faire couler une seule goutte de sang.

Et le bougre, c'est ce qu'il fait. Tout en caresse, il perce la peau du mouton à la hauteur d'un mollet avec la pointe de son couteau, enfonce dans cette ouverture un bâton qu'il a effeuillé et taillé, souffle en prenant bien soin de pincer la fente avec le pouce pour empêcher l'air impulsé dans la bête de ressortir. Puis la bête se met à gonfler.

— Je peux souffler, *abba* ?

Je prends la patte du mouton, approche ma bouche de l'ouverture et du pouce de mon père. Je colle mes lèvres et souffle plusieurs fois. Mon père tâte le mouton.

— Stop, me dit-il, il est à point.

Il obstrue la fente en posant un garrot sur le genou, puis d'un coup de couteau délicat, fait une plaie au-dessus. Il y enfonce délicatement sa main, pousse pour se frayer un passage entre la peau et la cuisse et fait patiemment le tour de la bête. Je ne lui suis plus d'aucune utilité, je vais faire un tour.

Moi qui croyais qu'il n'y avait des musulmans qu'en Algérie, voire à Maghnia, j'en découvre des noirs, d'autres avec les yeux bridés, le cheveu sombre, brillant et épais, des Indiens et des Pakistanais, et même quelques Français blancs. Il y a des Berbères, des Chaouis, des Chleuhs... combien de dialectes contient cette étonnante rumeur ?

Maintenant que l'heure du sacrifice est passée, tous prennent le petit déjeuner, assis sur des tapis couverts de nourriture. Ils rient, sont joyeux... Ils se retrouvent, leur identité d'abord, ils savent d'où ils viennent, qui ils sont et ils ne sont pas seuls.

Les Africains découpent l'animal sur place. Dans l'appartement qu'ils louent à plusieurs familles, ils n'auront pas la place de l'étaler et de l'achever à coups de hachette. Il n'y a pas d'Africains dans les bidonvilles, ils préfèrent louer une chambre dans un immeuble.

Un homme, la tête enturbannée, m'interpelle :

— Vous êtes d'où, vous ?

— De Nanterre.

— Non, ton pays, ton père que je regarde faire avec son mouton, il est d'où ?

En entendant ma réponse, l'homme ouvre grands ses yeux et sa bouche :

— Il est garçon boucher ?

— Non, terrassier.

— Il est nickel votre mouton, on dirait que la peau s'est enlevée toute seule quand elle a vu ton père…

Il éclate de rire. Je vais répéter le compliment à l'intéressé, qui se redresse d'un bond : j'ai eu peur qu'il balance vers la foule un cri de joie.

Je marche au milieu de ce peuple. Les femmes sont assises, jambes croisées, un enfant sur les genoux, cuisinant, roulant de la semoule, du maïs ou de la farine. Elles me fascinent, elles ont toutes l'air heureuses.

Dès qu'une friandise ou une brick attire ma gourmandise, je vais presque sans demander en récolter une. Il suffit que j'écarquille les yeux vers ce que je veux pour qu'on me le serve dans une feuille de journal. Je vais m'asseoir à la sortie, manger, boire et m'en mettre plein les yeux, la tête, la mémoire.

Puis j'entends un cri. Un cri long, rocailleux, mêlé de reconnaissance pour Dieu et d'affection envers tous ceux qui sont là.

— *Allah Akbar !*

La rumeur, d'un coup, se tait. L'homme qui appelle à la prière est derrière moi : c'est un petit homme noir tout de blanc vêtu, les cheveux gris et frisés, les bras et le regard levés vers le ciel. Derrière lui, les hommes ajustent leur couvre-tête, me font tous face. Je suis donc à l'est, la direction de La Mecque. Je suis impressionné. Il reprend :

— *Allah Akbar !*

Et tous les autres :

— *Allah Akbar !*

La *Fatiha* récitée, ou plutôt offerte, emplit le camp. Je ne vois plus mon père derrière cette muraille humaine. Je n'ose pas aller le rejoindre, je n'ose même plus mâcher le morceau de pain que j'ai dans la bouche. Je me souviens de la fête de Sidi Ali à Maghnia et la nostalgie m'emplit.

Ils s'agenouillent plusieurs fois sur le tapis de prière qu'ils emportent partout, afin que, où qu'ils aillent dans le monde, chaque fois que la panique ou le désespoir chercheront à les atteindre, le poids de leur corps agenouillé leur redonne assise et sérénité. Unis au sol, à la terre, les yeux et les mains tendus vers le ciel, ils ne font qu'un avec l'univers et celui-ci, on ne le trouble pas.

Puis la rumeur reprend peu à peu, les odeurs reviennent. Et je souris en revoyant plusieurs fois cette image que je me suis gravée derrière le front. Pour clore la prière, l'homme noir s'est levé, a remercié le ciel et ôté sa *chéchia* blanche, puis s'est baissé pour saisir un autre couvre-chef qui était posé à côté de son tapis de prière : son casque jaune d'ouvrier maçon.

Il m'arrive parfois de percevoir le miracle dans la vie, et comme je suis habitué à peu, il me tombe des mains. Ça doit être ça, le problème des pauvres.

— Votre grand-mère est morte.

On est rentrés mes frères et moi de l'école des Pâquerettes. Ma mère est assise sur une chaise au milieu de la baraque. Elle n'est pas triste quand elle nous dit ça, comme si elle s'y attendait.

Je ne veux même pas savoir de qui elle tient la nouvelle. Je vais m'asseoir sur le bord de mon lit, mon cartable sur mes genoux. Je ne l'ouvre pas.

Le dernier de mes grands-parents est mort. Je me demande ce qu'il faut en penser, ce qu'il y a à en dire, parce qu'une angoisse m'avertit que la vie continue et moi, honteux, coupable, je ne veux pas me détacher brutalement de ma grand-mère. Une voix dans ma tête souffle :

— Si *Hanna* est morte, alors pour qui je vais continuer à rêver d'être un jour riche et célèbre ?

Ensuite il y a un vide, un grand vide. Plus de repères, les affres, l'affreuse angoisse lorsque ce « à quoi bon », « à quoi bon désirer ci », « à quoi bon être ça », s'installe, lorsqu'on n'a plus envie de rien, ni d'être, ni d'avoir, les deux auxiliaires sur lesquels tout repose.

Puis une autre idée s'installe dans ma tête, qui ne me plaît guère mais qui est comme une révélation, la suite logique de ce qui commence à prendre la place du vide : c'est donc toujours pour quelqu'un d'autre que dans son esprit, dans l'espoir, on a un plan. Moi qui avais envie de n'aimer personne, de n'appartenir à personne, ni à un groupe, ni à une bande… *Hanna*, d'accord, mais l'autre, qu'est-ce que j'en ai à foutre ! La violence me saisit, me parcourt, s'installe… Tous les jours un gramme, un pouce de plus. Quand elle voudra exploser, est-ce que je pourrai la contenir ?

Hanna n'a pas survécu au chagrin de nous voir partir, nous, ses derniers enfants. Ma mère est assise sur cette chaise en bois au cul rempaillé. Ses lèvres remuent. Son tatouage vert olive, un losange sur le front, comme un cerf-volant, mes ancêtres qui l'ont marquée n'en ont pourtant jamais vu dans leur ciel pâle, semble vouloir se décoller. J'attends qu'elle relève la tête, j'ai envie de m'accrocher à ses yeux.

Elle ne dit pas qu'elle ira à l'enterrement. L'idée n'a même pas traversé la baraque. L'argent. Le prix du trajet. Mon père a certainement honte de ne pas pouvoir payer à ma mère le voyage au bled. J'aurais aimé embrasser le beau visage de *Hanna* une dernière fois, moi aussi.

Une explosion nous ramène au bidonville. Ma mère lève la tête, me fait signe d'aller voir ce qui se passe. Je n'ai pas envie de bouger ; je la fixe. Peut-être ce cerf-volant l'a-t-il aidée à garder la tête haute dans de dures épreuves. J'aime ses tatouages sur les joues, le front, les mains, les mêmes signes qui reviennent, dessins indiens ou préhistoriques : des flèches à cinq pointes, des traits tirés en rond à partir d'un centre, un soleil, ou un œil ? Au milieu du menton, vert olive aussi, un trait vertical épais finissant en point. *Hanna* portait les mêmes, avec un autre dont on disait qu'elle seule de sa génération le possédait dans le reg, trois traits formant un triangle sous la bouche, sur le menton.

Je me suis souvent demandé quand, enfant, j'étais assis en face d'elle, lorsque ma mère, lasse de mon frère et moi, nous fourguait à *Hanna* et que nous restions quelques jours dans son hameau perdu sur un plateau perdu, livrés aux caprices du soleil trop chaud sur une terre craquelée, la poussière comme un métal cramant la plante des pieds, pendant qu'à l'ombre du mur de pierres elle pilait les feuilles de tabac de son fils dans le mortier en bronze, ce que disaient ces trois traits vert olive sous sa bouche… Fatiguée, elle posait le pilon et regardait autour d'elle sans rien attendre. Le silence alors libéré de l'écho des coups me saisissait et me fichait une angoisse terrible. Toute l'immensité du reg, sa platitude, son poids s'écrasaient sur moi et me pénétraient.

Un jour elle m'a surpris à la fixer intensément et m'a demandé :

— *Ouachta ouildi ?* Quoi, mon fils ?

— Les trois traits tatoués sous ta bouche, c'est quoi ?

— Personne ne m'a jamais demandé ça, même mon mari, ton grand-père, *Allah rouhma* !, il s'en fichait quand il est venu à cheval me chercher pour me marier… Toi, tu vas avoir une drôle d'existence.

— Pourquoi, *Hanna* ?

— Tu poses un peu trop de questions. Donc tu vas vivre un peu trop de choses dans ta vie. J'espère qu'elles te seront plutôt favorables. Je te préfère comme tu es, ceux qui ne posent pas de questions sont des légumes… Et pour mes tatouages, je vais te dire.

Mais d'abord, il faut que tu saches que dans chaque tribu venue s'installer ici, un membre porte sur son visage les devises chères à la tribu. Ce membre est choisi entre les beaux enfants. Parmi mes trois filles, et toutes les autres filles de notre hameau, ton arrière-grand-père a préféré que ce soit elle, ta maman, qui nous honore, qui transmette notre message, nous porte sur son front, ses joues et sous sa bouche… Toute ton identité, ton histoire est tracée sur le visage de ta mère. Ils ont choisi cette figure, ils ne lui ont pas demandé son avis. Elle ne voulait pas qu'on la marque, ta mère, elle m'a dit « je ne suis pas un veau », elle a longtemps pleuré… Je n'ai rien pu faire, je n'étais qu'une bru.

Cette femme-là est ici, en face de moi, les jambes croisées sur une chaise, repliée sur elle-même, dans une maison en bois et en plaques de goudron entourée de boue, si loin de son reg, de son désert et de sa colline. Cette élue est dans un bidonville, une favela. Elle me refait signe d'aller voir dehors pourquoi les cris continuent après ce qui est sans doute l'explosion d'une bouteille de butane.

— *Hanna ?*

— *Ouachta ouildi ?* Qu'est-ce qu'il y a, mon fils ?

— Ils veulent dire quoi, les trois traits tatoués sur le menton de maman ?

— Ceux-là, heureusement, ils vont disparaître rapidement, ils vont s'effacer parce qu'elle pleurait beaucoup quand le plumier les a dessinés, elle s'agitait, sa bouche tremblait, l'encre ne l'a pas pénétrée profondément… Celui qui faisait office de sage, un frère de ton arrière-grand-père, a dit que ces trois lignes signifiaient le père pour celle d'en bas, la mère pour celle du milieu, et l'enfant pour la dernière, tout en haut, petite et menue… Un autre a dit que cette image représentait aussi la naissance, la vie et la mort.

— Et toi, tu en penses quoi de ce dessin ?

Hanna a repris le pilon de cuivre jaune. Elle l'a trempé dans le seau d'eau et elle a ri. Dieu qu'elle était belle ! Il y a des êtres si beaux que je m'en émerveille, leur beauté du dehors et du dedans me transporte si gravement que le bon Dieu, si imbu de son aura et de son esprit orgueilleux, parce que je ne garde pas le cœur rivé sur Lui, me le fait payer en souffrance.

— Tu veux que je te dise ce que moi, une vieille femme, pense de ce que disent ces tatouages, ces trois traits qui pendent aussi sous ma bouche ? Sur cette montagne, les hommes peuvent regarder une femme. Aucune n'a le droit de soutenir ne serait-ce qu'un de leurs regards… Alors je n'ai pas pu y voir la lecture qu'ils en faisaient en me fixant. Mais vois-tu, mon fils, je m'en fiche maintenant, à mon âge. Ces dessins, ces armoiries – elle rit à ce mot-là – sur mon visage, à moi seule elles se confient, je les porte, elles survivent par moi, à moi. Et un jour que je les rinçais de la sueur de la montagne, pour me remercier de la fraîcheur que je leur prodiguais avec l'eau de source de Tafna, le triangle des trois lignes m'a soufflé par la bouche :

— Je suis les trois marches qui mènent à l'infini : la première qui est tracée, la plus longue, est *Bsm'Allah* ! La deuxième marche au-dessus plus courte est : *El Rahman* ! La troisième marche, encore plus courte : *El Rahim* !

— Ça veut dire quoi, *Hanna* ?

— Qu'au nom de Dieu, le miséricordieux, le bienfaisant, je suis vivante !

Elle a ri, m'a pris à témoin, j'ai ri aussi.

— Et le losange, ce losange vert olive sur mon front et celui de ta mère, tu veux savoir ce qu'il dit ?

— S'il te plaît, oui !

Elle a reposé le pilon et m'a dit :

— Un jour que j'étais meurtrie parce que je ne voyais que ce losange au milieu de mon visage, le losange, blessé par ma colère, m'a soufflé dans les yeux : « Fatma, petite Fatma, je sais que tu souhaites qu'à force de se frotter à la tempête du vent calamiteux de la montagne, mon emblème s'efface de la surface de ton front. Je t'ai vue moi-même affronter, debout, ce vent qui en soufflant des grains aigus de poussière te griffait le visage ; et tu continuais, ton fagot sur le dos, le long d'un chemin rocailleux, les yeux fermés, les dents serrées, à lui faire face pour que je disparaisse de ta peau. De la pointe aiguisée du *kalam*, l'homme a écorché ta chair pour me peindre, gravant son empreinte sur la cime lumineuse de ton corps. Je dis, ou plutôt mon symbole dit que c'est toi qui enfantes, qui portes l'enfant et donnes vie. C'est par l'ouverture de cette figure, le losange, que l'enfant se fait, que l'enfant naît…

— Oh, c'est beau, *Hanna* !

Elle a ajouté :

— Cela veut dire aussi que sur la femme on ne lève pas la main, ce losange est un bouclier.

Elle a encore ri. Elle pilait le tabac, l'écho des coups de pilon dans le mortier agitait le silence plat du reg et donnait vie au paysage morne et aride autour de nous. Près de la maison de *Hanna*, il n'y avait même pas un seul arbre sous lequel nous aurions pu nous asseoir. Il y avait l'ombre du mur, mais comme c'est entre ses pierres que les serpents venaient se lover pour trouver un peu de fraîcheur, je ne m'en approchais pas.

— Approche ton oreille je vais te dire un secret, le losange m'a aussi dit quelque chose que tu garderas pour toi.

Je me suis approché d'elle, elle s'est penchée vers moi, m'a serré contre sa bouche et m'a dit, doucement :

— Je sais que tu as honte de moi, de mon empreinte sur ta peau ; mais Fatma, reconnais que même sous cette poisse caniculaire, dans le désert ingrat, le plaisir c'est important, agréable, et que moi, ce losange que tu méprises, je le procure…

Hanna s'est tue, s'est reprise, m'a fixé avec ses yeux merveilleux qui pétillaient encore, et m'a dit en se penchant sur moi :

— Et toi, tu sais ce que j'ai fait pour le faire taire, le calmer ?

— Non, *Hanna*, dis-le-moi !

— J'étais en train de faire pareil que là devant toi, je pilais les feuilles de tabac en y ajoutant de la cendre de *kanoun* pour donner du corps à la chique à priser… Il devenait maboul mon losange, il a ajouté des mots comme « plaisir ». Et là, tu vois ce pilon lourd que je tiens dans ma main ?

— Oui, *Hanna* !

— Eh bien ce pilon je l'ai levé, et avec toutes mes forces, je me suis donné un grand coup sur mon front, là où se niche le losange !

Elle a éclaté de rire. Et moi :

— Et après, *Hanna* ?

— Après… Je ne me souviens plus.

Qu'est-ce qu'on a rigolé !

En classe je partage ma table avec l'élève Camille Rose, dont j'ai compris les penchants pour les garçons. Et quand notre maître nous fait la lecture des *Misérables*, quand, dans le silence, flotte sur nous un bon climat auquel s'ajoute la voix chaude de notre maître, je ferme les yeux pour mettre une image sur tous les mots, des yeux sur le visage de tous les personnages. Tout ouïe, je suis porté par Valjean qui court vers Cosette. Rose en profite, mine de rien, pour poser délicatement, sous la table, sa main sur ma cuisse. Les premières secondes, il attend que je la retire et la pose sur sa cuisse à lui, sans rien dire. Mais ce jour-là, je ne réagis pas, je suis suspendu à la voix du maître, car il sait y faire pour installer la tension dans le récit. Il me caresse la cuisse et je m'en fous, parce que nous en sommes au moment où le méchant Javert, le flic, reconnaît Jean Valjean dans l'homme robuste et fort soulevant une charrette pleine de sacs de céréales qui s'était écrasée sur un pauvre bougre. Javert guette et Rose, je le sais, surveille ma réaction du coin de l'œil. Va-t-il l'arrêter, maintenant, le bagnard en fuite ?

Depuis que Camille Rose m'a vu avec Baola, il ne cesse de me demander de le lui présenter.

— Il est beau, il a de la race !

— Il va avoir quatorze ans.

— Deux ans de plus que moi c'est parfait, dans un couple c'est bien que le garçon soit plus vieux, il est moins bête…

Il rit d'un rire moqueur et je fais semblant de ne pas comprendre.

— Tu as peur que je te déshabille, c'est pour ça que tu hésites à dire oui à mes invitations ?

— Tu le ferais ?

— Parce que tu crois que je t'ai invité chez moi pour que tu vides le frigidaire ?

Il reprend.

— Viens chez moi !

— Non.

— Je te promets, je ne te touche pas !

— Je vais vider ton putain de frigo !

— M'en fiche !

J'ai continué mon chemin, il a couru les bras en l'air. Il s'est mis devant moi et les yeux baissés, il m'a dit :

— J'aimerais que tu me voies en fille !

— Je ne veux rien de toi, lâche mon bras !

Il s'est mis à sourire, un sourire tendre qui m'a ému.

— Avec du rouge à lèvres sur la bouche, du bleu sur les paupières… Sûr que je te plairais !

Je reprends mon chemin. Je ne savais pas qu'il était aussi mal dans son corps. Ouf ! Il finit par me lâcher. Je suis content de ne pas lui ressembler. La prise de tête, les railleries des autres…

— Même si je te donne cinq francs ?

Je me retourne, je le regarde au loin. Il répète :

— Cinq francs !

C'est trois places de cinéma et un sachet de Kréma.
— Tu ne me touches pas !
— Je te le jure !
— Fais voir l'argent.
Il s'approche. Dans son cartable il saisit un porte-monnaie de fille, écarte les deux boutons dorés : c'est plein de monnaie. Il me tend un billet. Je n'ai jamais eu autant d'argent de ma vie.
— Qui te donne tout cet argent ?
— Ma mère est prof, mon père dentiste, alors tu sais, chez nous, le pognon…
Je l'accompagne chez lui.
— Tu ne me touches pas !
Il éclate de rire :
— Juré ! Toi tu ne m'intéresses pas, tu es maigre, tu es petit et tu penses tout le temps, je veux juste que tu me regardes.

Un jour, la maman de Rose demande à me voir. Il me conduit chez lui non sans une certaine crainte. C'est de sa faute à lui, il a dit que j'étais son meilleur camarade. Elle me demande :
— Ça ne se remarque pas trop, à l'école, que Camille préfère la société des garçons à celle des filles ?
Je fais l'évasif, le petit gars que cette pensée n'a jamais effleuré, le tolérant. Mais « la société des garçons » je le note sur la feuille de brouillon que j'ai dans la tête.
— Non, madame, tout le monde s'est habitué à lui comme il est.
Je n'essaie pas de me mettre à sa place, ça me prendrait trop la tête.

— Toi, ça ne te dérange pas ?

— Non, madame.

Elle pouffe, puis elle dit :

— Comme je suis de son avis, à mon fils, moi aussi je préfère les garçons !

Elle s'assoit sur un fauteuil en Skaï rouge, en face de moi, les genoux écartés… Je baisse les yeux.

— Il paraît que votre maître joue au sage ?

— Il dit qu'il nous transmet des réflexions acquises de son expérience.

— C'est quoi, la dernière ?

Elle me pose la question sur un ton moqueur. Moi, je n'entre pas dans son jeu, je lui réponds d'une manière et avec une voix qui votent pour les habitudes de notre maître, même s'il se montre parfois ringard :

— Celui qui se croit minable, moins que rien, blasphème la vie.

Elle paraît surprise, bluffée.

— Il vous a dit ça ?

— Oui madame, bien que souvent on ne sait pas s'il cause tout seul ou si c'est à nous qu'il s'adresse.

Elle rit de nouveau. Se lève et regagne la salle de bains. Rose me demande à voix basse :

— Pourquoi tu ne levais jamais la tête vers elle ?

— Elle était à poil ta mère, complètement !

Il prend un air étonné et dit :

— Ça te gêne ?

Là, j'ai arrêté. Il ne faut pas trop m'embêter. Je laisse tomber, ma mère a raison : ils ne sont vraiment pas comme nous, les Français.

En famille, mes frères, ma sœur, mes parents et moi, nous prenons le train à Nanterre en direction de la gare Saint-Lazare. C'est la deuxième fois que ma mère sort sans son *haïk*. Elle a juste noué sur sa tête un foulard en Nylon à fleurs passées. Je suis sûr qu'au fond d'elle, avec sur le dos son long tricot à gros boutons, elle se sent plus légère.

Nous voilà partis nous faire tirer de nouveaux portraits au Photomaton du drugstore de la rue d'Amsterdam. J'aime bien aller à Paris, même si je n'en vois que l'entrée. La salle des pas perdus de la gare m'impressionne toujours par son très haut plafond et sa surface.

Quand ma mère entre dans la cabine à photos, mon père lui dit :

— Tu ôtes ton foulard, sinon les photos ne sont pas valables !

— Ah bon, pourquoi ?

— Tu me demandes ça à moi ? lui répond-il en trépignant.

J'entre avec ma mère dans le Photomaton. Elle s'assoit sans mollir, prête à se concentrer, pour une fois qu'il ne s'agit que d'elle. Je lui règle le siège pivotant pour aligner son regard sur le trait horizontal tracé sur le miroir. Elle met son sac sur ses genoux et ôte son foulard, je dirais même qu'elle s'en débarrasse. Sa longue tignasse superbe, luisante, épaisse s'écrase d'un bloc sur ses épaules et glisse jusqu'au bas de ses reins. Quand j'essaie de mettre la pièce de deux francs dans la fente de l'appareil, elle me la prend, sort une brosse à cheveux de son sac en Skaï et me dit :

— Laisse-moi.

Je tire sur elle le rideau gris plissé.

— Alors ? fait mon père.

Mma ne répond pas, si ça se trouve elle remet une couche de khôl sur ses paupières, ou continue de tirer délicatement sur sa chevelure avec sa brosse. Je me dis qu'elle est bien, là, toute seule, à son aise, l'endroit est propre, chaud, confortable. Qu'elle prenne son temps. Elle tient le haut du pavé, toutes les lumières ne sont là que pour elle. La connaissant, elle ne va rien lâcher. Comme au hammam, avant, chez nous.

Je la regardais, enfant, nu aussi, et comme mon père aujourd'hui devant le rideau tiré, j'attendais impatiemment qu'elle en finisse. La tête repliée sur ses genoux, silencieuse, les yeux clos, elle laissait le temps à son corps de jeune femme de s'imprégner de la forte chaleur ambiante de la salle. Elle se penchait sur son corps, le passait au peigne fin, lui causait. Ça pouvait durer plus d'une heure.

Elle semblait goûter un à un les picotements aigus qui naissent avec la sueur de la peau sèche. Le corps se ramollit, il ne tient plus par ses muscles, l'ébullition le prend de l'intérieur et, comme l'eau qui bout dans une casserole et dégage une couche épaisse à la surface, le corps se sépare de sa première peau si fine, transparente, qu'on n'a plus qu'à s'en débarrasser à l'aide d'un gant de crin. Son corps est luisant, elle ne se gratte pas, fait filer la peau avec son gant de crin. Ces caresses sur son corps, lentes, douces, sont comme une longue prière, comme un bateau de nuit qui s'enfonce dans l'horizon. Après, elle s'attaque au *rassoul* qui couvre son crâne, cette pâte grise, épaisse, terreuse qu'elle a mêlée la veille à ses cheveux, puis plaquée en arrière en chignon et couverte d'un long foulard.

Le signal sonore du Photomaton nous prévient que ma mère a fini de poser. Mais elle reste dans la cabine. Mon père n'en peut plus, il tire le rideau gris. Ma mère l'accueille :

— Si je mourais, vous viendriez encore me chercher pour m'agacer !

Elle aurait voulu rester plus longtemps seule avec elle-même.

Le marchand de billets de la Loterie nationale pour l'association Les Gueules Cassées qui est posté sur les marches de l'escalier à l'entrée principale de la gare Saint-Lazare est de chez moi, de Maghnia. Je l'ai reconnu du premier coup d'œil. Il ne parle pas, il geint, lui seul comprend ce qu'il dit. Il est toujours bien vêtu, cravate, chemise à carreaux, le costume un peu « feu de plancher ». En Algérie aussi, ses pantalons étaient ourlés court. Il a la bouche de travers et la langue souvent pendante ; il est dégingandé et porte à son cou, tenue par une cordelette rayée bleu et rouge, une planche sur laquelle sont alignés des carnets de tickets de loterie. Il a environ quarante ans et de beaux cheveux châtains courts. Là-bas, sur la route du marché ou de l'église, tout le monde le saluait. Ici, gare Saint-Lazare, personne ne fait attention à lui.

En sortant du Photomaton du drugstore, ni mon père, ni ma mère, ni mon frère ne l'ont reconnu. J'ai failli leur demander. Je m'arrête près de lui, il me voit. Et puis, sans savoir ce qui me prend, je crie : « Il est foutu le Lulu ! Il est cocu le Lulu ! Il est pendu le Lulu ! »

— Sid Ahmed ! hurle ma mère, en colère, depuis le très haut escalier de la gare.

Je prends mes jambes à mon cou, grimpe les marches trois à trois et la rejoins.

— Qu'est-ce qui t'a pris de te moquer de ce pauvre homme comme ça et de répéter bêtement ce que ces crétins d'enfants *roumis* lui chantaient à la figure, hein ?

Je ne sais pas quoi dire. Elle tourne les talons et suit mon père.

Elle l'a donc reconnu. Et moi, je reste immobile, ne sachant toujours pas pourquoi je l'ai moqué, entre larmes et rire nerveux. Peut-être était-ce pour lui rappeler le bon vieux temps, qu'il n'était pas tout seul au milieu de la foule qui ignorait sa présence… Ou bien c'est pour moi que j'ai crié, parce qu'il y a toujours quelqu'un, quelque part, qui connaît un air de notre histoire…

Puis, lentement, sans trop oser, je réussis à me retourner vers Lulu. Il me fixe et plus rien en lui ne tremble, il est normal, je n'en reviens pas. Il me regarde comme un père regarde son fils, avec une nostalgie qui, si elle est comme la mienne quand elle me squatte, doit lui clouer les méninges.

— Sid Ahmed ! crie ma mère.

Je rends son sourire à Lulu, puis il se détourne lentement de moi et d'un coup, retrouve ses tics d'handicapé.

— Sid Ahmed !

C'est grisant de s'entendre appeler par un foudroyant écho dans cette immense salle des pas perdus. Je résonne. Les gens se retournent, ils savent tous comment je m'appelle. Je fonce, cours, fends la foule, j'arrive à la hauteur de ma mère qui, sans daigner se pencher vers moi, me balance :

— *Agoun !*

Dans le train qui rentre à Nanterre, le wagon est presque vide. Mon père et ma mère sont assis sur la même banquette ; nous, les enfants, sommes éparpillés autour d'eux. Avant de quitter le drugstore, ma mère a tenu à faire le tour du magasin comme si elle voulait acheter quelque chose. On l'a suivie dans les allées en s'arrêtant quand elle regardait un produit. L'abondance étalée autour d'elle l'impressionnait ; on était loin de la boutique, du *hanout* minuscule du Djerbien qui donne l'impression d'avoir été bâtie autour du patron afin qu'il puisse tout juste rendre la monnaie. À deux reprises elle s'est exclamée, pour elle, « *Sabha l'Allah* ! », cette merveilleuse formule qui vante et salue l'abondance divine. Elle souriait d'être dans du clair, du propre… Elle marchait lentement, se fichait du père qui consultait son poignet de montre à se le retourner. Le temps qu'elle a mis pour choisir un paquet de biscuits ! Elle m'a appelé alors que j'étais dans le rayon papeterie :

— Sid Ahmed !

Elle n'a pas honte de crier comme ça, à la volée ? Elle a remis ça :

— Sid Ahmed ! Dis-moi le prix de ces paquets.

Je le lui ai lu.

— Ah, je sais ce que je vais prendre ! Des gaufrettes !

Je les lui ai montrées. Plusieurs marques, plusieurs prix. Elle a hésité entre deux paquets, l'un en longueur, l'autre plus épais et plus court. Elle m'a demandé dans lequel il y avait le plus de gaufrettes. Ce n'était pas écrit, il y avait juste le poids.

— Le poids, ils sont pareils ! a-t-elle dit.

— S'ils sont de même poids, il y en a autant dans chaque paquet.

— Non, idiot, il y a les petites parts et les grandes !

Mon père m'a fait signe de ne pas la contrarier. Derrière moi la famille trépignait. J'ai eu peur qu'elle éventre les deux paquets pour les regarder. Elle m'a déjà fait le coup au Monoprix de Nanterre, en perçant un sachet de semoule pour tâter la taille du grain et en arrachant le coin d'un paquet de sucre pour voir la forme des morceaux. J'ai beau lui répéter qu'on n'est pas au bled, elle n'en fait qu'à sa tête.

La gaufrette, c'est délicieux. D'abord, on dit le mot chantant, gracieux. Ensuite, j'écarte les deux croûtes sucrées et avec l'arête des dents du bas, je racle doucement la crème pralinée, que je colle avec ma langue sur le palais où je la garde jusqu'à ce qu'elle fonde.

Mon père fume sa Gauloise ; le train est arrêté à Pont-Cardinet. Il regarde mes frères, se tourne vers moi. Il se fait des plans. Une fois que nous aurons notre certificat d'études en poche, il attend que nous décrochions un brevet ou un diplôme équivalent pour devenir fonctionnaires dans le nouvel État algérien. Il ne le cache pas, nous en a parlé, ne se lassant pas de le répéter avec un regard brillant, luisant. Il ne veut pas avoir fait tout ça pour rien. Sa revanche sur le sort, dévier le destin de son cours, tout cela tient à notre réussite…

Un jour, en réponse aux allocs, j'écris sur l'enveloppe « CAFRP » au lieu de « Caisse d'allocations familiales de la région parisienne ». Les cinq lettres majuscules d'imprimerie ne le satisfont pas. J'essaie de lui expliquer qu'une lettre majuscule est une abréviation qui remplace le même mot, que ça se fait couramment. Il est béat, mon père, un primitif qui découvre son visage dans le miroir, le silence, les yeux ronds, la bouche entrouverte. Il hoche la tête, résigné ; et en même temps il est fier, ça le rehausse. J'espère au fond de moi-même que ça l'aide, quand il enfourche à l'aube son Solex, à donner le premier coup sur la pédale avec espoir.

Là, entre Bécon-les-Bruyères et la gare des Vallées, il est rêveur. Je regarde son reflet transparent dans la vitre du train. Ses yeux percent le défilé des immeubles. Ce qui le préoccupe d'abord, c'est le logement. Tant que nous n'aurons pas un lieu digne, ma mère lui en tiendra rigueur. Elle le porte, l'a toujours porté. Même l'exil, c'est elle qui en a parlé la première.

— Venez voir ! hurle mon père à peine rentré de son travail.

Nous, ses enfants, on l'entoure. Mon père a les yeux rouges, je l'ai remarqué, il a pleuré. Ses mains jointes tremblent. Ma mère arrive en s'essuyant sur un torchon. Papa pose sur la toile cirée un morceau de feuille de journal enroulé. Il est comme fou, il n'a même pas pris la peine de se laver les mains. Ses yeux lui sortent de la tête, les pupilles dilatées…

— J'ai trouvé, j'ai trouvé ! il gueule.

Il défroisse délicatement le morceau de papier dont l'encre a bavé, en tremblant.

— Regardez !

Il ouvre ses mains.

Une pépite !

Elle étincelle dans le reflet de nos prunelles d'enfants, elle clignote dans les yeux de ma mère…

Il est beau ce rêve, c'est mon plus beau.

Glossaire

Abba : « papa »
Agoun(a) : « idiot(e)», « fada »
Aïd el Kébir : « grande fête »
Allah Akbar : « Allah est grand »
Allah rouhma ! : exclamation religieuse dite après avoir évoqué un défunt
Andek mif : « tu as du nez, de l'œil »
Bara : « dehors »
Bendir : instrument de musique à percussion
Burnous : manteau en laine sans manches
Cahba : « pute » en argot arabe
Caïd harki : ancien chef des harkis
Chéchia : « couvre-chef »
Dachra : « hameau »
Djellaba : longue robe ample traditionnelle avec une capuche
El Hachma : « la honte »
El maa fine ? Fé rah el maa ? : « où est l'eau ? »
Essmak : « ton nom »
Fatiha : sourate d'ouverture du Coran
Fellagha : « combattant algérien »

Haïk : « voile blanc »
Hanna : « grand-mère »
Hanout : « l'épicerie du coin »
Hébou ath el rounir : « qui aiment cette chanson »
Istiklal : « indépendance »
Kalam : « crayon »
Kanoun : poterie creuse en terre cuite faisant office de brasero
Khanez : « dégoûtant »
Leben : babeurre obtenu à partir de lait cru fermenté
Li telgha m'Lyon : « qui appelle de Lyon »
Mabrouk Aïdek : « bonne fête de l'Aïd »
Medersa : « école coranique »
Mguil : « l'après-midi »
Moudjahid : « combattant »
Mssemen : « crêpe feuilletée salée »
N'goulec : « je vais te dire »
Ouachta ouildi : « quoi, mon fils ? »
Ould : « fils »
Ouma : « mère »
Rahma : « soulagement »
Razza : « turban »
Roumis : « chrétiens », « Européens » ; par extension, « Français »
Salam alikoum : « bonjour »
Souak : écorce d'arbre avec laquelle on se brosse les dents
Tortora : « cul »
Tnouh : « niais », « sot »
Ya ouildi : « mon fils »
Ya lalla : « oui, madame »
Ya sidi : « oui, monsieur »

Ouvrage composé par
PCA 44400 Rezé

Imprimé en Espagne par
Liberdúplex
à Sant Llorenç d'Hortons (Barcelone)
en octobre 2022

POCKET – 92, avenue de France – 75013 Paris

S30008/02